SCIENCE FICTION HEUTE IST DIE REALITÄT MORGEN

Renate & Uwe H. Sültz

Bücher von A bis Z

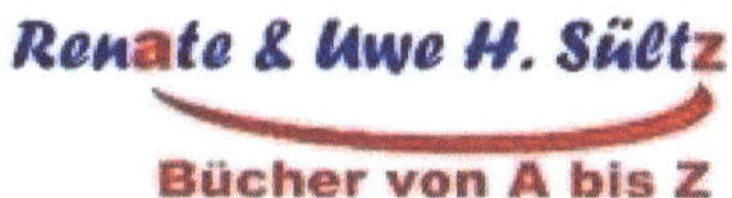

13 HORROR

Kurzgeschichten

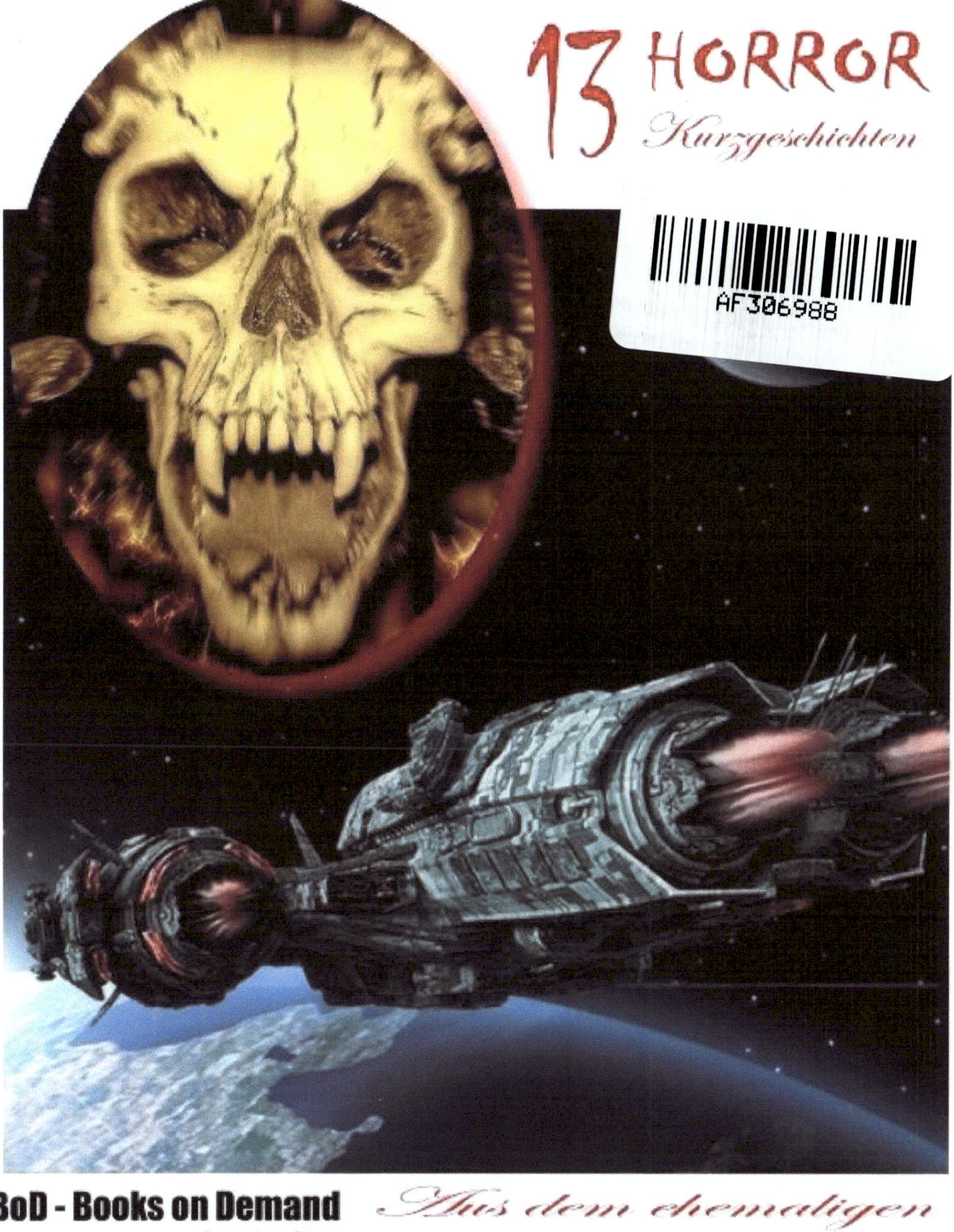

BoD - Books on Demand
Norderstedt 2021

Aus dem ehemaligen Bad Königsborn

Bibliografische Information durch die Deutsche Nationalbibliothek
Die Deutsche Nationalbibliothek verzeichnet diese Publikation in der
Deutschen Nationalbibliografie; detaillierte bibliografische Daten
sind im Internet über http://dnb.dnb.de abrufbar.

I'LL
BE
BACK

pixabay AKTIVES MITGLIED

© BY SÜLTZ

Sültz Bücher

AKTIVES MITGLIED
UND FÖRDERER

Sültz Books

© Renate & Uwe H. Sültz
Herstellung und Verlag
BoD – Books on Demand, Norderstedt
ISBN 9-78375-2-68544-2

Paul Sültz sammelte alte Postkarten, die er seinen Enkeln Wolfgang und Uwe Heinz Sültz hinterließ. Die Bilder zeigen Bad Königsborn, wie es früher einmal aussah.

Der Name SÜLTZ bedeutet ALTE SALZMEISTER. SÜLTZ und des Königs Salzbrunnen sind unzertrennbar.

Die ehemalige Festwiese wurde auch von Paul Sültz früher mit Tieren und Gemüsearten bewirtschaftet.

**Kommissar
Hans Schemberg
war der Sheriff
in Königsborn.**

<u>Mission X – Was war vor dem Urknall?</u>

New York 2066 - Vassar College:
„Wir kommen nur zum Ziel, wenn wir Ursache und Wirkung aus unserem Denken verbannen. Ich sehe einen Fluss, der kommt zustande, weil es regnet. Der Regen kommt aus Wolken, die über den Meeren durch Wärme entstehen. Die Wärme schickt die Sonne. Die Sonne, unsere Erde, ja, die gesamte Materie entstanden und entstehen noch im Weltall. Das Weltall entstand beim Urknall, dem Big Bang. Und der Big Bang, dieses vielleicht nur stecknadelgroße Ding, entstand … tja, das meine lieben Zuhörer gilt es herauszufinden. Mithilfe der Weltraummission ELISA, Evolved Laser Interferometer Space Antenna, die wir 2034 ins All gestartet haben, können wir nun mit den Daten genau sagen, wo der Urknall stattfand. Es lassen sich nun die Gravitationswellen messen, die vom Big Bang übriggeblieben sind. Kommen wir nun zu den verschieden Theorien. Ich beginne mit der Planck-Dichte … … … ", und Professor Hendricks fuhr später fort. „Wichtig ist, dass der Urknall nicht in einem bereits vorhandenen leeren Raum stattfand. Mit ihm entstanden erst Raum, Zeit und Materie. Es muss ein unendlich kleiner Punkt gewesen sein, wir nennen es Singularität, wobei sich die Raumzeit so sehr um das Objekt gekrümmt hat, dass eine Größenangabe nicht möglich ist.

Singularitäten innerhalb eines normalen Schwarzen Lochs, sind von einem Ereignishorizont umgeben. Ob auch Singularitäten ohne Ereignishorizont, sogenannte Nackte Singularitäten, existieren, ist irgendwann einmal festzustellen."

Unter den Studenten war die ehrgeizige Lydia McCormick. Ihr Ziel war die Erforschung was vor dem Urknall war. Ebenfalls reizte es sie unendlich, herauszufinden, ob es sich beim Urknall um eine Nackte Singularität handelte. Das heißt, um den Urknall herum spielte sich nichts ab. Bei einem Schwarzen Loch ist das ja der Fall. Dazu musste sie lernen, genauso wie es Professor Hendricks sagte, dass wir Ursache und Wirkung aus unserem Denken verbannen.

Im Laufe vieler Jahrzehnte entwickelte McCormick Theorien, die viele ihrer Kollegen für Hirngespinste hielten. So war es ihre Ansicht, dass der Raum, der sich ja ständig ausdehnt, mit einer Erinnerungssignatur behaftet ist. Soll heißen, die Erde dreht sich um die Sonne. Die Sonne um das Schwarze Loch in unserer Milchstraße. Das ganze bleibt aber nie an der gleichen Stelle, sondern driftet von anderen Galaxien ab. Jeden Tag, jede Stunde, jeden Minute und jede Sekunde befinden wir uns in einem jungfräulichen und nicht programmierten Raum.

Natürlich kann durch diesen Raum bereits eine andere Galaxis geflogen sein. Computermodelle werde dies zeigen.

Aber eher weniger die Gedanken, Geräusche, Bilder und Taten von Menschen oder Wesen anderer Planeten. McCormick träumte von einem Mess- und Analysegerät, um 4 Dimensionen + X aufzeichnen und sichtbar machen zu können. Die 4 Dimensionen, also der dreidimensionale Raum und Zeit als vierte Dimension, sind verständlich. X bedeutet dabei die Signatur im Raum, das Denken, die Musik, die Bilder und die Taten von denkenden Wesen, etwa der Menschheit.

Zu Lebzeiten wurde Lydia McCormick zur Professorin ernannt. Beruflich und privat arbeitete sie an ihrem Analysegerät. Sie legte, im Alter von 78 Jahren, der Vereinigung USA-SF ihre Theorien vor. Aus gesundheitlichen Gründen bat sie um Fortführung ihrer Ergebnisse. So war es dann auch. In New York wurde ein Institut eingerichtet, um weiter zu forschen. Nach ihrem Tod würde ein eventuelles Analysegerät „McCormick 4D+X" genannt.

200 Jahre später wird McCormicks Idee Wirklichkeit. Das Gerät funktioniert. Mord und Totschlag gibt es auf der Erde fast nicht mehr. Denn das Gerät wird zur Wahrheitsfindung eingesetzt.

Jede Polizeistation arbeitet nun mit dem „McCormick 4D+X". Wie ist der Ablauf der Messung? Auszug aus dem Polizei-Bericht NY-CFG 5644: „Detektiv Johnsen und ich wurden zu einem Mord in die Mercury-Street 65 gerufen. Eine 44 jährige Frau lag leblos auf dem Boden. Eine Nachbarin rief uns. Fingerabdrücke werden heutzutage nicht mehr benötigt. Wir stellten sogleich die 4D+X Box auf. So nennen wir die McCormick 4D+X Apparatur. Dazu müssen wir Parabolantennen aufstellen, die in Richtung der abgelaufenen Erdbewegungsrichtung zeigen, die andere Seite, also um 180 Grad gedreht, wäre die Zukunft. Eine etwaige Todeszeit wäre nützlich, aber auch nur zur Beschleunigung für das Ergebnis. Das Gerät zeigt nun auf einem Bildschirm an, was im Haus passiert ist. Wir zeichneten den Ablauf auf. Leider stand die Nachbarin verbotener Weise dabei. Sie schrie plötzlich auf und erkannte ihren Ehemann auf dem Bildschirm. Dieser erschlug die 44 Jährige."

Weitere 150 Jahre später haben es die Menschen geschafft aus dem Körper auszutreten und in Androiden zu gehen, um z.B. im Weltraum Arbeiten durchzuführen.

Kurze Zeit später gelang der Durchbruch mit Energieblasen und dem menschlichen Geist, bzw. einer Crew von menschlichen Geistern, mit Überlichtgeschwindigkeit durchs Weltall zu fliegen. Die Energieblasen fungierten dabei wir Raumschiffe.

2511 - Mittlerweile ist das Messgerät lange schon in jedem Menschen von Geburt an als Schwingungsmuster in den Gehirnen einprogrammiert. Es ist eine Ehre Mensch zu sein. Es wird geforscht. Das Böse ist vollkommen ausgeschaltet. Geld, Macht und

Luxus existieren nicht mehr. Der Planet Mars ist schon lange ein Ort der Erholung geworden. Bereits vor über 500 Jahren wurde vermutet, dass alle Informationen, die es seit dem Urknall gibt, in jeder Zelle in uns vorhanden sind. Vielleicht sogar in jedem Baum, Stein und sogar in jedem Wassertropfen. Zumindest war es die Aussage von R. G. Wardenga. Je nach Wahrnehmung, also der Sensorik der Menschen, können sie weit in die Vergangenheit mit der 4D+X-Sinnessensorik forschen. In die Vergangenheit bedeutet dabei der Raum, den die Erde, bzw. der Ort des Geschehens, durchschritten ist. Denn dieser Raum ist ja nun mit einer Signatur versehen. Eigentlich wird diese Fähigkeit nicht mehr benötigt.

Aber eine Sache, eine Mission, wäre da noch zu erforschen. Jeder Wissenschaftler erinnert sich an die Theorien der Professorin McCormik, die den Urknall untersuchen wollte. Jetzt endlich gab es eine Option, dies durchzuführen, denn das feststoffliche Gerät könnte man nie zum Platz des Urknalls bringen. Jetzt aber, mit dem geistigen Ausstiegs aus dem Körper und dem Einstieg in eine Energieblase, wäre es möglich, an den Ort zu fliegen, an dem alles begann.

New York 2566 - Vassar College:

„Es ist zu beweisen, dass es sich beim Urknall um eine Nackte Singularität handelte. Außerdem sollte die Frage gestellt und beantwortet werden, ist der Urknall intelligent gewesen, kann eine Intelligenz nachgewiesen werden oder hat das Ding sogar denken können. Wir haben nun das Team zusammengestellt, welches den ursprünglichen Startpunkt alles Seins besuchen wird.", so Professorin Norma Segal.

Das Team besteht aus 6 Professorinnen und 2 Professoren. Das Raumschiff besteht aus einer Energieblase und wird von der Erde aus programmiert und gesteuert. Überwacht wird das Ganze von Captain Jeff Collins.

Zur Erklärung: Materielle Raumschiffe gibt es seit über 150 Jahren nicht mehr. Körper werden ebenso nicht gebraucht, würden in dieser Energieumgebung und den Geschwindigkeiten auch nicht überleben. Die Dunkle Energie stellt den Antrieb der Energieblase zur Verfügung. Man reitet förmlich auf der Dunklen Materie und erreicht Geschwindigkeiten, die nie zuvor von Menschen erlebt wurden.

Der Start ist für den 6. Mai 2566 festgelegt. Die Anlagen befinden sich in der Nähe von Jersey Mills in den USA.

Jersey Mills, 1. Mai 2566:
Die 8 Teammitglieder finden sich in der Anlage „Space Center Big Bang" ein. Captain Collins ist bereits vor Ort. Er und das technische Team stellen die Energieblase her. Es ist die Größe festzulegen. Die Berechnung eines Startkorridors zwischen Erde und Weltraum wird berechnet und festgelegt. Der Korridor reicht bis zum Saturn. Innerhalb des Korridors erreicht die Energieblase, die man McCormick 1 nennt, eine Geschwindigkeit von ½ Lichtgeschwindigkeit. Verlässt McCormick 1 den Korridor, ist die Übernahme in die Dunkle Materie erfolgt und 57 Jahre, also 57 Erdenjahre, später erreicht McCormick das Ziel, den Anfand allen Seins, den Urknall.

Jersey Mills, 6. Mai 2566:
Es ist 6 Uhr. Die Crew verlässt ihre Körper. Diese werden bis zum Zurückkommen eingefroren. Der Captain ist bereits „on Board", wenn man das so sagen kann. Innerhalb der Energieblase gibt es keine festen Plätzte. Energie vermischt sich, trotzdem bleibt das eigene Bewusstsein.

Jersey Mills, 6. Mai 2566:

Es ist 8 Uhr und 30 Sekunden … 20 Sekunden … 10 Sekunden …

5 … 4 …3 …2 …1 … START!

Noch können die Messinstrumente McCormick 1 durch den Korridor verfolgen. Der Sprachcomputer übersetzt die empfangenen Wellen der Crewmitglieder. Nach 40 Minuten verstummen sie. Nun ist die Crew auf sich allein gestellt … für mindestens 57 Erdenjahre.

„Hier Captain Jeff Collins. Innerhalb der Energieblase McCormick 1 ist ein Speicher für ein Logbuch eingerichtet. Um uns herum ist der Weltraum hell erleuchtet. Es ist fast grell. Menschliche Augen können dieses hell grelle Licht nicht aushalten. Von der Geschwindigkeit nicht zu sprechen. Es ist erstaunlich, dass wir dieser hohen Geschwindigkeit ausgesetzt sind und doch nichts davon bemerken. Zeit ist irrelevant. Raum ist irrelevant. Wir wissen, dass wir existieren, aber es ist so unwirklich.“

Ein weiterer Eintrag: „Das Weltall wird dunkler. Wir verringern die Reisegeschwindigkeit. Wir können nun Galaxien und Sternenhaufen sehen. Es wird immer dunkler. Damit ist gemeint, so als wenn wir Augen hätten, sehen wir das Licht. Schwingungsmäßig ist der Raum gut gefüllt. Aber die Materie wird weniger.“

Der vorletzte Eintrag: „Der Raum ist schwarz. Es gibt keine Materie hier in der Nähe des Urknalls. Wenige Schwingungen verirren sich hier her. In Richtung der Position des Urknalls ist es leer und schwarz. In der anderen Richtung erkennt man schwache Leuchtpunkte, also Galaxien. Wir haben den Startpunkt, bzw. den Endpunkt aus unserer Sicht, Urknall erreicht. Es ist ein trostloser Ort im gesamten Universum. Hier ist nichts … hier ist das Nichts … und doch ist das Nichts etwas! Die Crewmitglieder beginnen mit ihren Messungen. Ich darf dabei sein. Wir vernetzen unseren Geist, so, als wenn Wissenschaftler Parabolantennen parallel anschließen, um mehr Signale zu empfangen. Ich erhalte Antworten und denke, dass Professorin Lydia McCormick nun glücklich sein würde. Wir stellen fest, besser gesagt, wir erhalten Antworten, dass die Komprimierung an Energie so hoch war, dass sich nichts bewegte, nichts veränderte, somit gab es keine Zeit.

Trotzdem gab es die Explosion und Raum und Zeit begannen. Das 4D+X Messgerät in uns stellte kurz vor der Explosion eine minimale Veränderung fest, eine minimale Schwingung, ein Wort, egal in welcher Sprache oder ob überhaupt eine Sprache, eine Idee, ein Wunsch oder was auch immer … übersetzt etwa „START, LASST ES UNS TUN". Es gab also vor dem Big Bang Intelligenz in dem Ding. Es ist auch bewiesen, dass es sich beim Urknall um eine Nackte Singularität handelte. Um den Urknall herum gab es keinen Ereignishorizont, es gab keinen Raum und keine Zeit. Innerhalb des Urknalls aber gab es Intelligenz und Denken. Vielleicht war es ein bewegungsloser Austausch vieler Geister oder aller Geister. Vielleicht war es ein großer Geist, vielleicht der Schöpfer von allen zukünftigen Dingen und Ereignissen. Und eine winzige Bewegung, eine winzige Schwingung brachte den Urknall hervor und Raum, Zeit und Materie entstanden. Ist das vielleicht mit „Gottes Reich" gemeint?"

Der letzte Eintrag: „Wir wollen nun zurück auf die Erde. Wir wissen nicht, wer lebt noch? Wie werden wir empfangen? Waren die Reiseberechnungen korrekt? Wir lassen uns überraschen.

Als es plötzlich ein Ereignis gab, es klopfte sozusagen an unserer Energieblase. Ein heller Leuchtpunkt, eine Energie kam zu uns und ließ uns gedanklich wissen: „Ich freue mich, dass Ihr den Weg hierher gefunden habt. Ich bin nach meinem irdischen Ableben sofort hierhergekommen. Ihr habt alles richtig verstanden.

Ich liebe Euch, Eure Lydia" Es war der Kontakt zu Professorin Lydia McCormick, zumindest war das zu Lebzeiten ihr Name. Und somit kommen wir mit mehr zurück auf die Erde, als erwartet. Die Erde wird sich nochmals verändern."

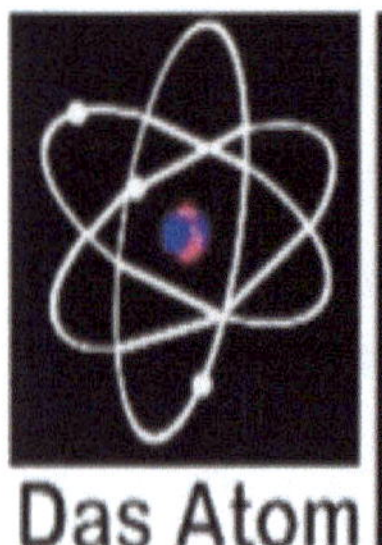

Das Atom

Das Sonnensystem

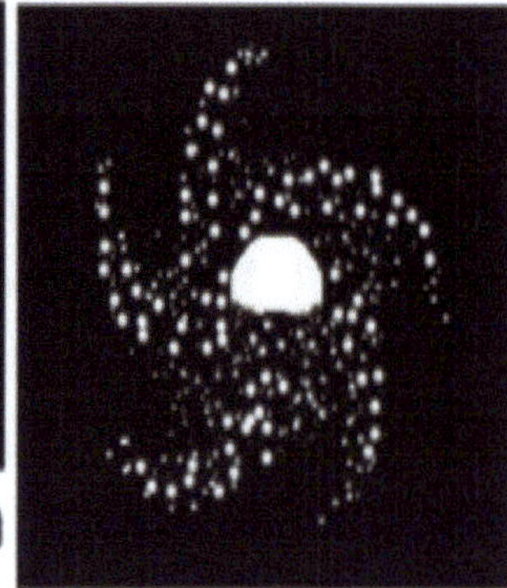

Die Galaxien

Physikalische Systeme

Objekte, die ein Ganzes sind und sich in der Raumzeit in einer Umgebung abgrenzen, sind Physikalische Systeme. Bislang fehlt der Beweis beim Universum. Überlegung: Viele Universen könnten in einem Raum sein, den man Omnium (das Ganze) nennen könnte. Dann hat unser Universum eine Umgebung. Autorenteam Sültz auf Sylt

Vom Atom bis zum Omnium
Eine Überlegung vom Autorenteam Sültz auf Sylt

Das Omnium

Das Universum

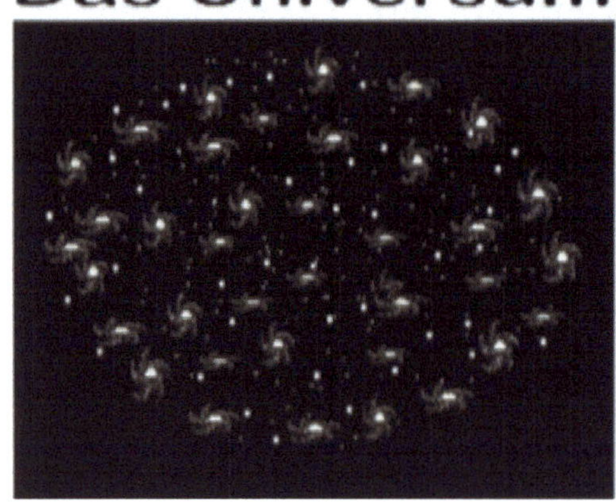

Das Weiße im Schwarzen Loch

„Captain Cliff Danzer an Basis-Kontrolle! Wir senden erste Aufzeichnungen und Analysen der Sonden aus dem Schwarzen Loch zu. In der äußeren Umlaufbahn können wir noch etwa vier Stunden verbleiben, dann folgt der Rücksturz in den freien Raum." Cliff Danzer ist Raumschiffkommandant der GLOBAL PEACE TWO. Das Raumschiff ist mit modernster Technik des 26. Jahrhundert ausgerüstet, um Schwarze Löcher im Universum zu untersuchen. Die 126 Crewmitglieder sind meist Wissenschaftler, da das Raumschiff vollautomatisch von einem Supercomputer der Helos-8000-Serie gesteuert wird. Hauptbestandteil des Bionetic-Computers ist das verstorbene Gehirn von Professor Dan Laurenson, der die Helos-Serie entwickelt hatte. Die Helos-6000-Serie hatte bereits das Universum erklärbar gemacht. Die 7000-Serie entwickelte dann die STIT-Weltraumreisen, „Space Travel Immediately There". Dabei bedient man sich der Dunklen Materie, die überall im Universum vorhanden ist. Wie Professor Dan Laurenson es erkannte: „Das HIER ist auch sofort das DORT im Universum, man muss nur die Dunkle Materie und die Dunkle Energie verstehen!"

Mit dem Raumschiff GLOBAL PEACE TWO war man nun in der Lage, sofort hier und überall dort zu sein. Man nutzte zwar die Dunkle Materie, aber es standen immer noch Fragen an, genauso wie bei den Schwarzen Löchern. Nun aber sollten die letzten Geheimnisse gelüftet werden. „Die Sonden sind zum Start bereit", verkündete Ingenieur Robert Woggon. „Captain an Helos, Start durchführen, Aufnahme und Analyse starten. Captain Status Delta 58", sagte Danzer auf der Brücke. Die Sonden starteten und wurden sogleich vom Schwarzen Loch angezogen. Gespannt sahen alle Crew-Mitglieder auf ihre Monitore. Sie sahen, wie die Sonden wie Spagetti gedehnt wurden. Aber sie übertrugen weiterhin Daten und Bilder. Es war unwahrscheinlich grell im Schwarzen Loch. Immer schneller wurden die Sonden angezogen. Immer höher wurde die Rechenleistung des Computers Helos. Gleichzeitig wurden alle Daten in Richtung Erde gesendet. 30.000 Lichtjahre waren zu überbrücken. Wie gesagt, das funktionierte nur mit STIT. Auf der Erde sah man gespannt zu. „Basis-Kontrolle an GLOBAL PEACE TWO. Täuscht es oder steht ihr alle wirklich bewegungslos vor den Monitoren?", so ertönte es aus der Kommunikation.

Und in der Tat, die Crew bemerkte nicht, dass durch die gewaltige Rechenleistung Helos am Leistungsende war. Langsam driftete das Raumschiff zum Kern des Schwarzen Lochs. Jeder Meter pro Sekunde kam es der Crew wie Stunden vor. Die Informationen, die Bilder und die Eindrücke, waren an den Bildschirmen atemberaubend. Noch nie sah man Atome, Protonen, Neutronen und Elektronen langgezogen wie Regenwürmer. Noch nie sah man gedehnte Lichtpartikel eines Lichtstrahls.

„Basis-Kontrolle an BLOBAL PEACE TWO! Ihr müsst den Rückschub starten! Sofort! Ihr werdet zu stark in das Loch gezogen!" Keine Reaktion auf dem Raumschiff. Niemand rührte sich. Die Kontrollen der Herzfunktion zeigten einen Schlag pro Stunde an. Aber alle Informationen wurden weiterhin zur Basis-Kontrolle gesendet. Ob, wie und was die Crew nun alles sah, auf der Erde konnte man es nur ahnen, denn die Bilder sendeten ununterbrochen weiter. Es wurde heller und heller. Die Kameras der Raumschiffbrücke sendeten nun nicht mehr, die Außenkameras funktionierten noch einwandfrei, wahrscheinlich brach das Raumschiff bereits auseinander.

Auf den Bildschirmen waren nun grelle Strudel zu sehen. Waren Kameras tatsächlich durch das Schwarze Loch gezogen worden?

Dann vermutete man am Ende des Schwarzen Lochs wieder den dunklen Weltraum. Die Bildschirme blieben aber hell. Hin und wieder dachten einige Wissenschaftler in der Basis-Kontrolle, dass sie Gesichter gesehen haben wollten oder Schleier. Nichts Genaues wusste man. Die Kameras blieben über Jahrzehnte eingeschaltet. Vielleicht zeigen sie auch heute noch etwas an. Nur erlebte dies der Leiter der Basis-Kontrolle und Freund von Cliff Danzer, Jack Townsend, nicht mehr. Seine letzten Stunden verbrachte er in den Armen seiner Frau. „Gehe zum Licht", flüsterte Amy ihrem Mann zu. „Ich sehe Hände, Hände die mich tragen wollen, Hände, die mich nach oben ziehen wollen. Ich sehe in der Ferne ein Licht. Es kommt näher und näher", sprach Jack. „Gehe darauf zu, bitte", flüsterte Amy weiter. „Ich sehe ein Gesicht. Die Hände tragen mich weiter zum Licht. Es… es ist… nein… ich kann es kaum glauben… es ist mein Freund Cliff. Ich liebe dich, Amy. Ich weiß nun, wir sehen uns wieder." Jacks Seele löste sich vom Körper und stieg zum Licht auf. „Hallo mein lieber Freund", so wurde Jack von seinem Freund Cliff empfangen. „Ich habe diese Gestalt kurz angenommen, damit du mich erkennst.

Ansonsten sind wir formlose Energiewolken in dieser Dimension. Es ist die Dimension aller guten Seelen, aller Universen, in einem unendlich großen Raum, dem Omnium. Als wir mit dem Raumschiff vom Schwarzen Loch angezogen wurden, trennte sich der Geist vom Körper. Der Körper wurde in alle Einzelteile zerlegt und komprimiert. Der Geist dagegen erhielt freien Durchgang direkt ins Licht, direkt in die nächste Dimension. Nun komm mit mir, mein Freund, deine Familie und Freunde erwarten dich bereits."

Es ist also alles ein großer Kreislauf auf der Erde, im Universum, im Leben, in der Liebe, im Nichts, denn das Nichts ist eben ein Etwas!

Die Erfindung des Körper-Transporters

Mittlerweile sind sie in jedem Haushalt, in jeder Arztpraxis, ach, einfach überall eingebaut ... die Warm-Körper-Transporter-Module, WKTM 100! Heute ist es kein Problem, in Sekunden über 10, 100 oder sogar 40.000 Kilometer zu einem Freund zu gelangen. Technisch sind wir heute auf dem Höchststand, der Krebs ist zwar besiegt, aber ein Spenderherz wird immer noch benötigt. Nur, es geht heute alles viel schneller. In Berlin benötigt ein Mensch ein Herz, in New York steht das gesuchte zu Verfügung. Mit Hilfe des WKTM 100 ist der Patient in Sekunden vor Ort. Ja, man muss sagen, vor vielen Hundert Jahren wurde das Telefon entwickelt. Das waren zwei Apparate, mit denen man sprechen und hören konnte, auch dies funktionierte einmal um die Erde, also 40.000 Kilometer. Dann ging es weiter mit dem sogenannten Internet bis zum heutigen Körper-Transporter. WKTM 100 ist die letzte Entwicklungsstufe, die 100 soll auf die 100 Jährige Entwicklung hindeuten.

Wie alles begann: Ich bin Journalist, mein Name ist Ben Carter. Auch wenn wir uns alle gern mit dem WKTM 100 überall und sofort hin transportieren können, eine Zeitschrift gibt es immer noch. Und hin und wieder braucht jeder seine Ruhe. Heute besuche ich Lou Eisenberger, er war Entwicklungsingenieur bei GP BODY SPEED MAX. Sein Vater war der Entwickler des weltersten Kalt-Körper-Transport-Kondensators KKTK 01 A. So viel wie möglich möchte ich darüber erfahren, denn nach dem letzten Totalausfall des Internets, durch den Asteroid Protonom 26 A, sind viele Speicher völlig leer. Heute hat man daraus gelernt, auf dem Mars und auf dem Mond sind Speicher, auf die jederzeit zugegriffen werden kann. Natürlich befinden sich dort auch Abwehrsysteme gegen Asteroiden. „Dr. Clint Eisenberger, mein Vater, hatte die Idee, Dinge innerhalb der Firma blitzschnell von Ort A nach Ort B zu bringen. Seine

Laborassistentin Ruth war einfach nicht schnell genug", so begann Ben Carter seine Erzählung. „Seine Überlegung ging dorthin, dass er sich zwei parallele elektrische Platten vorstellte, zwischen denen, wie bei einem Kondensator, ein elektrisches Feld entsteht. Die gespeicherte oder dorthin gebrachte Energie müsste ausreichen, um einen Gegenstand wieder in die Ausgangsform zu verdichten.

Mit viel Überlegung, sehr viel Geld und noch mehr Zeit entwickelte er mit seinem Team den ersten Kaltkörper-Kondensator. Anfänglich mussten sie mit Problemen rechnen, dass war ihnen bewusst. Der Tag des ersten Experiments vor den Firmen-Bossen stand an. In den Start-Kondensator stellte Carter eine leere Kaffeetasse, diese begleitete ihn seit seiner Studienzeit, ein Zeichen seines Vertrauens zu der Maschine. Nun gingen alle in den Nachbarraum, überzeugten sich, dass zwischen den Kondensatorplatten nichts steht, etwa ein Duplikat der Tasse. Die Maschine wurde eingestellt, die Spannung hochgefahren, ein Kribbeln war bei allen zu spüren, immerhin erreichte die Maschine Gigawatt; oder waren es noch mehr? Nun, ich weiß es nicht mehr!", sagte Lou Eisenberger. „War es ein Erfolg?", fragte ich ungeduldig. Eisenberger fuhr fort: „Ja, in der Tat! Die Kondensatorplatten mit der gewaltigen Energie zerlegte die Tasse! Ein Computer speicherte die Struktur des Objektes, also der Tasse, und leitete die Informationen an den Ziel-Kondensator. Dort baute sich die elektrische Energie auf, die Informationen verdichteten sich dort wieder zu einer Tasse!" „Gut so, Eisenberger! Und nun das Ganze mit einem frischen heißen Kaffee!", sagte der Chef der Firma.

„So weit sind wir noch nicht, wir können nur feste Stoffe transportieren, keine flüssigen und schon gar keine lebenden!", entgegnete Eisenberger. „Die Zeit verging für meinen Vater viel zu schnell. Einen 48-Stunden-Tag hätte er gern. Aber es kam der Tag, da er den Durchbruch schaffte. Er wandelte das Wasser, in diesem Fall den Kaffee, in einen festen Gegenstand um. Die Computer konnten damals nur den augenblicklichen Zustand erfassen, also fror mein Vater den Kaffee ein. Es klappte, alle waren begeistert und erstaunt darüber, dass im Zielkondensator der Kaffee sehr heiß gewesen ist. Das lag natürlich an der hohen Energie. Die Tasse selbst und andere Gegenstände waren ja auch wie aus dem Backofen. Die Angst einen lebenden Körper zu transportieren war natürlich begründet. Die Computerleistung lies ja nur den augenblicklichen Zustand zu, was ist, wenn sich das Tier oder der Mensch bewegt? Dann fehlen nachher Körperteile und Mensch oder Tier sind tot. Lange dauerte es wieder, bis die Computer mehr geleistet haben. Tierversuche waren tabu, der erste freiwillige Proband starb an den Folgen des Einfrierens und des wieder Auftauens. Das Einfrieren war nicht das Problem, das gab es bereits und wurde mit Erfolg praktiziert.

Das Problem war die Hitze der Transport-Energie. Der Körper kam komplett im Ziel-Kondensator an, aber der Kühlanzug half nicht. Nun, ich möchte den Anblick hier nicht weiter ausführen. Mein Vater zerbrach an diesem Anblick. Ja, das waren die Anfänge der Körper-Transporter." „Wie wurde der Durchbruch geschaffen?", fragte ich. „Ich kam nach dem Studium in die Firma, wollte Vaters Traum fortsetzen, er war mittlerweile verstorben. Die Computer waren so leistungsstark, dass alles erdenkliche damit gemacht werden konnte. Auch das Denken, sogar ohne Gehirn, von Verstorbenen wurde erst konserviert, später zum Leben, zumindest zum Denken, gebracht. Meine Idee war es nun, keine zwei Platten, wie ein Kondensator, sondern eine Box zu konstruieren, die dreidimensionale Körper darstellen kann. Diese wird dann mit dem Denken des zu transportierenden Menschen bestückt. Der Mensch wird dann nicht gebacken, sondern seine Körpertemperatur bleibt erhalten. Es handelt sich dabei aber nur um ein Duplikat des Menschen, aber mit seinem Denken. Ich selbst war die erste Testperson. Soweit verlief alles Ordnungsgemäß, lediglich fehlten mir im Ersatzkörper die Gefühle jeglicher Art.

Der nächste Schritt waren Boxen, in denen der augenblickliche Zustand gescannt wurde und die sofortige Übermittelung jedes Atoms in die Zielbox stattfand. Das war der Durchbruch. Mit einem Lähmungsgas fiel man liegend in eine Starre. In die Zielbox wurde sofort ein Aufwachgas gesprüht, das war es. Wieder war ich der erste Kandidat dafür. Und? Was würden Sie sagen, ich bin doch noch ganz fit, oder?", flachste Eisenberger und lachte laut. „Ja, in der Tat! Was sind die nächsten Ziele in dieser Richtung?", fragte ich. „Mein Sohn arbeitet nun an der Transportation ohne Kabel- und Glasfaserleitungen, sondern durch Lichtwellen. So könnten wir jeden Ort im Weltraum erreichen, wo sich künftig ein Ziel-Modul befindet!", sagte Eisenberger zu mir. „Das sind ja herrliche Aussichten für die Menschheit. Und Gelder werden gut angelegt, wozu braucht man auch Panzer und die Rüstung!", mit diesem Satz beendete ich das Interview. Nun geht es in die Redaktion, ich werde wohl das Fahrrad nehmen!

Ein Gruß aus dem Nichts

Hannelores Tagebuch:

„Ach, was soll ich sagen, seit 45 Jahren beobachte ich den Himmel. Jetzt werden langsam meine Augen schwach. Alle in der Familie habe ich mit diesem Virus angesteckt. Ist da etwas? Werden wir beobachtet? Sind wir alleine im Weltall? Jetzt möchte ich langsam meine Station hier in Bayern schließen. Morgen um 5 Uhr in der Frühe, kurz vor Sonnenuntergang, möchte ich noch einer eigenartigen Erscheinung nachgehen. Gute Nacht."

Um 5 Uhr saß Hannelore wieder vor ihrem Teleskop. Ihr Mann schlief noch und die Kinder waren schon aus dem Haus gezogen. Da war er wieder. Ein kurzer, heller Lichtpunkt. Gut, das Flackern kommt durch die Atmosphäre, aber das Licht war vor einiger Zeit noch nicht zu sehen. Vor 40 Jahren schon gar nicht. Hannelore hatte immer gute Gedanken. Ob das der Schlüssel zu den weiteren Ereignissen war? Sie schaute durch das Fernrohr, das Licht kam dicht auf sie zu. Plötzlich berührte sie jemand an der Schulter. War es ihr Mann? Nein, es war ein Lichtwesen. Eine schwebende, kugelförmige Form in vielen Farben im Inneren.

Hannelore erschrak, nicht unbedingt solch eine Begegnung hatte sie sich gewünscht. Gut, vielleicht in anderer Form, sie hätte dann gerne einen Kaffee angeboten. Gerade wollte Hannelore eine Frage stellen. Soweit kam es einfach nicht. Da war die Antwort schon in ihrem Kopf. Auch weitere Fragen, wurden geklärt.

„Wir kommen vom äußeren Kreis des Universums. Wir existieren am längsten im Universum. Neid, Kriege und Eifersucht, das haben wir alles überwunden. Wir kommen und gehen durch die Schwarzen Löcher. Wir sind eine untrennbare Energie, jeder von uns. Wir kommen aus der anderen, besseren Dimension. Wir benötigen nur wenige Schritte zu euch und anderen Lebewesen. Wir bewegen uns mit Bega. Das ist sozusagen die Hier und Sofort- Geschwindigkeit. Wir sind zu dir gekommen, um dir zu sagen, es gibt Wichtigeres als Geld, Macht, Eifersucht und Kriege. Komm' einmal mit uns, wir zeigen dir den Kosmos. Entstehende Sonnen, riesige Sternhaufen, gewaltige bunte Wolken. Glaub uns, es ist faszinierend. Du bist unter Freunden, alle Fragen werden beantwortet. Du erkennst die wahre Liebe und Wärme."

Hannelore überlegte nicht lange, weckte ihren Mann. Schrieb eine Nachricht und legte den Brief auf den Tisch.

Ihr Lieben, wir sind unterwegs. Wartet nicht mit dem Essen auf uns. Wir melden uns irgendwann und sind immer bei Euch.

In Liebe, Eure Eltern

Mission BIG BANG

Das Raumschiff KOLOSSEUS 5000 ist eines der letzten Raumschiffe der Erde, das mit modernster Technik ausgestattet ist und das Universum erforscht. Erdbewohner gibt es seit mehr als 10.000 Jahren nicht mehr. Der letzte Stand der Technik ist die anderthalbfache Lichtgeschwindigkeit gewesen, sowie ein Lichtstrahl-Abwehrsystem mit 100 Strahlenkanonen rund um das riesige Raumschiff. Dies dient nun wirklich nur der Verteidigung. Das haben zwar die letzten Staaten auch gesagt, bevor es zum finalen Atomkrieg kam, aber die Besatzung der KOLOSSEUS ist sich dessen bewusst. Das Raumschiff soll nur der Wissenschaft und Forschung dienen. Trotz der gewaltigen Ausmaße, mit den fünfzehn Kilometern Länge, erreicht es mittlerweile die 20-fache Lichtgeschwindigkeit. Das Raumschiff ist nach dem superschnellen Computer KOLOSSEUS 01 benannt. Er ermittelt bei dieser hohen Reisegeschwindigkeit die genaue Route, eine Kollision mit Materie im Weltraum ist so unmöglich. Einzelne Atome werden aber eingesammelt und verwertet. Über Generationen hinweg fliegt das Raumschiff nun bereits zum Erkundungsort, dem Beginn allen Seins, aller Materie, allen Lebens: DEM URKNALL.

Die einzelnen Raumschiffe, die damals in den Weltraum gestartet sind, wurden mit unterschiedlichen Aufträgen in eine nicht bekannte Zukunft geschickt. ROMEUS 4 ist auf den Weg zum letzten Stern des gesamten Universums geschickt worden. Kommt außerhalb des Weltalls nichts mehr? Das war die Frage. Andere Raumschiffe sollen Planeten finden, damit die Menschheit überleben kann.

„Kapitän, die Signale des Urknall-Rauschens nehmen zu, wir können nun eindeutig sagen, aus welcher Richtung sie kommen!", sagte der Wissenschaftsingenieur Jack Taylor.

„Kurs setzen, Jack! Dann treffen wir uns zur Lagebesprechung im Freizeitraum", so Kapitän Brümmer. Die verantwortlichen Besatzungsmitglieder jeder Gruppe trafen sich im Freizeitraum, alle anderen hörten über Bordfunk die neusten Erkenntnisse mit. Jeder im Raumschiff hatte das gleiche Mitspracherecht, ob die Küchenmannschaft, das Reinigungspersonal oder die Wissenschaftsingenieure – jede Gruppe entsandte einen Vertreter zur Lagebesprechung. „Kapitän an Besatzung!", ertönte es aus den Lautsprechern. „Wir sind nun in der fünften Generation auf dem Raumschiff KOLOSSEUS 5000.

Eine große Familie sind wir geworden. Unsere Vorfahren auf diesem Schiff erhielten die Aufgabe, nach dem Urknall zu suchen. Viele Theorien sind entwickelt worden. Wir sind nun die Generation, die das große Rätsel lösen könnte. Was wird uns erwarten? Ingenieur Peter Müller vertritt die Meinung, dass der Urknall eine Überhitzung in einem anderen Parallel-Universum sei. Sozusagen, ein Loch im Raum, welches immer noch aktiv ist. Das würde bedeuten, dass uns eine gewaltige Strahlung entgegen kommt, zwar abgeschwächt, aber noch aktiv. Die Wissenschaftler Cliff Owens und Claudia Steiner sind dagegen der Meinung, dass der Urknall eine einmalige Sache war und längst zum Abschluss kam. Und das Millisekunden nach dem Knall. Das würde bedeuten, dass wir in einen leeren Raum bis zum Anfangspunkt hinein fliegen. Wir wissen nicht was uns erwartet, aber wir werden nun auf Höchstgeschwindigkeit gehen und in Richtung des Anfangspunktes des Universum Kurs halten!" Die gesamte Mannschaft versetzte sich in Kälteschlaf und raste mit Höchstgeschwindigkeit auf den Mittelpunkt des Universums zu. Je näher sie zum Anfangspunkt kamen, umso vielfarbiger wurde der Weltraum. Sterne und Planeten gab es immer weniger, stattdessen farbige Wolken und Schleier.

Immer tiefer stieß die KOLOSSEUS vor, immer näher und näher zum Mittelpunkt.

Auf der anderen Seite des Universums flog die ROMEUS 4 ebenfalls in eine ungewisse Zukunft. Hier verkündete Kapitän Steve Wagener: „Hier spricht Ihr Kapitän. Wir sind nun lange unterwegs. Unsere Vorfahren haben uns den Weg geebnet um zum äußersten Stern des gesamten Universums zu gelangen. Was wird uns erwarten? Gibt es nach dem äußersten Stern überhaupt Raum? Wird der Raum durch die Ausdehnung erst geboren? Oder knallen wir gegen eine Hülle, als seien wir in einem riesigen Luftballon? Wir werden es erfahren, demnächst haben wir den letzten Stern erreicht."

Auch die Mannschaft der ROMEUS 4 versetzte sich in Tiefschlaf und flog mit Höchstgeschwindigkeit auf den äußersten Stern des Universums zu. Je näher sie zum Endpunkt kamen, umso dunkler wurde der Weltraum. Sterne und Planeten gab es immer weniger, stattdessen dunkle Wolken und Schleier. Immer tiefer stieß die ROMEUS vor, immer näher zum Endpunkt.

Die Mannschaften erwachten. Die Wolken und Schleier, in die die KOLOSSEUS flog, wurden weniger, ebenso wie bei der ROMEUS. „Kapitän!", schrie Steuermann Wilsen vom Raumschiff KOLOSSEUS. „Schiff voraus!" Die KOLOSSEUS 5000 flog direkt auf die ROMEUS 4 zu.

Die Unendlichkeit des Weltalls ist nun wirklich unendlich!

Nano-Lebewesen aus dem All

Es war ein verregneter Tag in Schottland. Für die Dorfbewohner wieder typisch. Ausgerechnet heute würde die Trauung von Cindy und Jack vollzogen, und nun dieser Regen, einfach typisch! Das ganze Dorf feierte mit, die Vorbereitungen liefen auf Hochtouren, alles fand im Freien statt. Der erste Regen war vorbei, die Wolke kreiste um das Dorf herum. „Erste Gratulanten aus dem Himmel!", flachste der Vater der Braut. Die Arbeiten gingen weiter. „Hauptsache keinen Regen mehr, sonst hätten wir auch ins Schwimmbad gehen können!" „Der Pfarrer ist Nichtschwimmer!" Die Bewohner lachten lauthals. „Klar, unter der Kutte trägt er einen Taucheranzug!"

18 Uhr: „Ja, ich will!", sagte die Braut. Die Wolke wurde wieder dunkler, aber kein Wind kam auf. 20 Uhr: Die Party war in vollem Gange. Auf dem Hof der McDans wurde gefeiert. Es wurde getanzt, sogar Dudelsack-Jimmy gab sein Bestes. 22 Uhr 10: Es tröpfelt. „Eigenartig, bei so einer Wolke müsste es gießen!", sagte ein Musiker. „Tröpfeln geht, nur nicht mehr, sonst müssen die Musikinstrumente ins Haus gebracht werden!" Bis in den frühen Morgen wurde gefeiert, das Tröpfeln fiel gar nicht so ins Gewicht. Die Dorfbewohner schliefen am Sonntag den Rausch aus.

Keine Menschenseele war weit und breit zu sehen. Aber am Montag war die Hölle los, zumindest beim Dorfarzt. Alle klagten über rote Kopfhaut, über Ausschlag auf dem Kopf, über Haarausfall. Auch die Apotheke war gut besucht. Es juckte und brannte. Einige Männer ertranken ihren Kummer im Whiskey. Andere Dorfbewohner legten sich früh schlafen. Am nächsten Morgen war der Spuk vorbei, alles war wieder völlig normal. Die Dorfbewohner gingen wieder ihrer täglichen Arbeit nach. Und trotzdem war etwas verändert. Sie trugen Hacken, Schippen und Spaten zusammen. Alles legten sie auf das

Feld der Mc Dans. Andere brachten Schubkarren, die Dorfpolizei sperrte die Durchfahrt für den Verkehr. Obwohl hier nur alle drei Tage jemand durchkam.

Unweit des Anwesens gab es eines der Löcher, einen sehr tiefen Meeresarm zum Ozean. Hier begannen Dorfbewohner einen Graben zu schaufeln. Immer mehr Dorfbewohner arbeiteten auf dem Anwesen. Boden wurde abtransportiert, Steine weggetragen. Die Tage vergingen und es entstand langsam ein kreisrundes Loch mit etwa sechzig Meter Durchmesser. Immer tiefer gruben sie. Nun arbeiteten sie Tag und Nacht. Dorfbewohner, die nicht auf der Feier waren, wurden mit einem Wassersprüher besprüht. Dies taten die Kinder.

„Warte Bürschchen, wenn ich dich zu fassen bekomme!“, sagte ein Großvater. Auch er grub am nächsten Morgen mit den anderen. In etwa vier Metern Tiefe stießen die Dorfbewohner auf einen metallischen Gegenstand, der wie ein riesiges Dach aussah. Der Bräutigam trat aus der Masse hervor und rief: „Normenko Negock Tutschok!“ Die Dorfbewohner stießen einen lauten hellen Schrei aus und wiederholten: „Normenko Negock Tutschok!“ Strahlen kamen aus dem Loch. Ein Brummen begann. Langsam öffnete sich das unter der Erde liegende Dach. Wie ein riesiges Schwimmbecken hob sich alles in die Höhe. Drei Meter über dem Erdboden stoppte die Aktion. Es begann zu regnen, die große schwarze Wolke stand wieder über dem Feld. Eine Luke öffnete sich am Becken, Wasser, nichts als Wasser, floss in den Graben über den Meeresarm in den Ozean. Die Dorfbewohner standen zwölf Stunden ganz still und murmelten weiter: „Normeko Negock Tutschok!“ Das Wasser war aus dem Becken gelaufen, das Dach verschloss sich wieder. Weiterer Boden brach um das Becken ein, es kam ein Raumschiff hervor. Das hob langsam ab und bewegte sich in die Regenwolke hinein.

Wer ganz genau schaute, sah in der Regenwolke ein größeres Raumschiff – das Mutterschiff.

Die Braut versammelte alle Dorfbewohner um sich herum, ihr Brautkleid trug sie noch, es war voller Lehm und Schmutz, es war völlig eingerissen. Nun sprach sie: „Normenko Negock Tutschwir … wir … wir … wir müssen die Sprache annehmen, damit wir nicht erkannt werden. Vor 500.000 Jahren landeten unsere Vorfahren an dieser Stelle. Ihr wisst, dass unser Planet von uns selbst verseucht wurde. Das letzte Wasser konservierte unsere Brüder und Schwestern, die nun in den Meeren dieses Planeten wieder zu leben beginnen. Bei jedem Kontakt mit den Menschen übernehmen wir sie. Über die Trinkwasserversorgung oder aber auch über die Regenwolken. Mit unserer kleinen Nano-Größe dringen wir über die Haut oder Blutbahnen ein. Nun geht eure Wege weiter. In etwa zwei Jahren ist die Aktion abgeschlossen!“
Und für die Menschen begann das Unheil!

<u>Verschollen im Nichts</u>

Der Countdown läuft, die Triebwerke sind gezündet, die Besatzung des Raumschiffs DARK 5000 ist zuversichtlich, den erteilten Auftrag durchzuführen. Drei! … Zwei! … Eins! … Power!
Das Raumschiff hebt planmäßig ab. Von nun an wird einige Zeit vergehen, sodass geklärt werden kann, um welchen Auftrag es sich handelt.

Das Raumschiff DARK 5000 startet von einem der allerletzten Planeten des gesamten Universums. Es befindet sich sozusagen am äußersten Rand des Universums. Nur ein Stern und wenige unbelebte Planeten sind zu überwinden und das Raumschiff ist im Nichts, also außerhalb des Universums. Die Lebewesen auf diesem Planeten beobachten natürlich von Anfang an die Eigenarten der verschieden Nächte. Es gibt Nächte, da schauen sie auf unendlich viele Sonnen, sie schauen in das Universum, es ist dann fast taghell. In anderen Nächten sehen sie nur den eben erwähnten einzelnen Stern, ganz weit entfernt, einsam, alles andere ist absolute Dunkelheit. Die Lebewesen auf diesem Planeten nennen sich THORN, sie sind wissenschaftlich veranlagt, es gibt keine Länder, keine Kriege, keine Armut, keinen Hunger, nur Fragen, Fragen über Fragen.

Es ist eine alte Kultur, 90 Prozent der Kulturstätte sind erhalten, man entwickelte sie einfach mit den neuesten Technologien weiter. So hängen überall die Bilder der bekanntesten Wissenschaftler, ob sie nun vor 12000 Jahren gelebt haben oder vor 10 Jahren. Der Planet ist etwa vier Mal so groß wie die Erde, die THORN bewegen sich langsamer, haben einen nach unten korpulenteren Körper als Menschen der Erde. Ihr Kopf ist länglich mit einem Dorn, ringsherum Haare. Die Ohren haben keine Hörmuscheln, da die THORN alles wahrnehmen. Die Zähne sind klein, es sind eher kleine Backenzähne, da sich die THORN nur von Gemüse ernähren. Alle anderen Lebewesen haben eine Daseinsberechtigung auf dem Planet, da sie bei den THORN als Vorfahren angesehen werden. „LOCK, was wächst mir da?", fragt der kleine Ridock seinen Vater, LOCK bedeutet auf dem Planeten „Vater", LOCKUM bedeutet „Mutter".

„Ridock, je älter du wirst, umso größer wird dieser Dorn. In ihm wachsen hoch sensible Hirnwindungen, mit denen wir THORN ohne Worte kommunizieren können, aber auch Naturereignisse wahrnehmen!", antwortet der Vater. Ridocks Vater gehört zu den Wissenschaftlern, die das Projekt DARK 5000 entwickelt haben.

Die ursprüngliche Frage der THORN war immer schon, wenn sich das Universum ausdehnt, Zeit und Raum also entstehen, was erwartet uns hinter dem letzten sichtbaren Stern, den die THORN nun seit ihrer Existenz vor 12000 Jahren sehen? Erwartet sie das Nichts? Lösen sie sich in der Dunkelheit auf? Entsteht mit ihrem Hineinfliegen mit einem Raumschiff Zeit und Raum? Die ersten Raumschiffe schafften keine hohen Geschwindigkeiten, DARK 4000 erreicht fast den letzten Stern, der zu überwinden war, um in die Dunkelheit zu fliegen. Den Stern nennen die THORN HOPE RIMOCK 7706, Hope bedeutet dabei, wie auf der Erde Hoffnung, RIMOCK ist der Vorfahre von Ridock, die Zahl ist das Entdeckungsjahr. Erst mit der Versuchsreihe DARK 5000 wird der Antrieb so verändert, dass ein Lichtsprung erreicht wird. Entwickelt und erforscht werden Lichtsprünge vom Team um Ridocks Großmutter. Immer schon sah man, dass Licht sofort nach dem Einschalten einer Lichtquelle zu sehen war. Früh wurde die Formel für Lichtgeschwindigkeit entwickelt, die im Weltall universal ist. Dennoch war es den THORN zu langsam, sie entwickelten die Lichtsprünge. Dabei wird ein Objekt anvisiert, welches man erreichen möchte und man benutzt die aussendenden Lichtstrahlen, um eine Verdoppelung der Geschwindigkeit zu erreichen.

Die DARK 5000 hat die maximale Geschwindigkeit erreicht. Die anvisierte Quelle ist der Stern HOPE RIMOCK 7706. Größte Aufmerksamkeit muss es kurz vor Erreichen des Sterns geben, da das Raumschiff sonst in den Stern fliegt und explodiert. „In 50 Senkuren sind die Triebwerke umzuschalten, danach ist der neue Kurs auf Umfliegen des Sterns von Hand zu setzen!“, sagt der Kommandant der DARK 5000 zum Steuermann. „Wie lege ich den neuen Kurs fest, Kommandant?“, fragt Steuermann Drehms. „Wenn ich das nur wüsste! Wie legt man das Nichts fest?“, antwortet Kommandant Renkin. Höchste Aufmerksamkeit ist angesagt, Nervosität, noch 10 Senkuren … drei … zwei … eins … Umschaltung auf Handbetrieb. Mit einem Abstand von nur 10.000 Klionen, das sind etwa 150.000 Kilometer, schießt das Raumschiff an dem Stern vorbei. Der Monitor auf das Zurückliegende zeigt den immer kleiner werdenden Stern HOPE RIMOCK 7706 und das schwindende Weltall. Auf dem vorausschauenden Bildschirm ist die Dunkelheit, das Leere, das Nichts zu sehen. Wie viele Theorien gibt es, wenn dieser Schritt überwunden wird. Gibt es eine Grenze des Raums? Fliegt man vor eine Wand? Ist das Universum endlich oder unendlich?

Wie auch immer, das Raumschiff DARK 5000 fliegt immer tiefer ins Nichts. Da es kein Ziel gibt, fliegt das Raumschiff nur noch mit Lichtgeschwindigkeit, das Universum wird immer kleiner, wenn die Besatzung auf den Rückmonitor schaut. Noch hat die Besatzung Funkkontakt mit der Heimatwelt. Das ist für alle Beteiligten logisch, solange man das Licht des Universums sieht, lassen sich auch Lichtsignale zurückschicken. Wie lange noch? Die Bordinstrumente zeigen nur noch wenig an. Die Zeit vergeht, das Universum ist nur noch als ein winziger Punkt zu sehen. Solange weiß die Besatzung, dass sie tiefer ins Nichts fliegt. „Kommandant, mir wird mulmig. Wir haben doch bewiesen, dass es Raum gibt, in das sich das Universum ausdehnen kann, sollten wir nicht lieber umkehren?“, fragt ängstlich der Steuermann. „Zeigen die Instrumente noch die Richtung der Heimat an?“, fragt Kommandant Renkin. „Ja, aber alle anderen Instrumente stehen auf null!“, antwortet Drehms. Die Besatzung wertet gerade alle Ergebnisse aus, als Steuermann Drehms schreit: „Alles auf null!“ „Das Raumschiff sofort stoppen und wenden!“, ruft der Kommandant. Zu spät, es gab keine Orientierung mehr, das Raumschiff DARK 5000 verschwindet in der Dunkelheit, es befindet sich nun im Nichts.

Schattenwesen

„NEGUA 7 an Basis! In vierzehn Stunden erreichen wir den Außenposten LOPA 6B auf dem Mars. Wir kontrollieren noch den Planet L77KL9. Seltene Erden wurden vom Computer angezeigt. Das Außenteam wird von Chefingenieur Dresen geleitet. Nach der Rückkehr der Mannschaft schalten wir auf Lichtgeschwindigkeit. Wir können dann nicht kommunizieren. Okay?", mit diesem Satz beendete Raumschiffkapitän Logan vom internationalen Erkundungsraumschiff EAGLE 2000 die Kommunikation mit Mars und Erde. Die Weltbevölkerung war explodiert, Nahrungsmittel und Materialien gingen langsam zu Ende. Die Staaten investierten viel zu viel in Kriege. Ein Miteinander hätte allen geholfen. Nur gut, dass die Raumfahrt noch gefördert wurde. So war der Außenposten auf dem Mars mit 4500 Menschen im Aufbau eines neuen Lebensraums. Nahrungsmittel wurden angebaut, Raumschiffhäfen gebaut, vielleicht für eine neue Zukunft der Menschheit, vielleicht, denn auf der Erde warten Milliarden auf eine Zukunft. Aber es gibt auch positive Botschaften, so hat EAGLE ONE Gold Erze von weit entlegenen Planeten abbauen und transportieren können. Selbstverständlich wird dieses Gold nicht für Schmuck verwendet, es fließt in die Elektronik. In den Umlaufbahnen von Erde, Mond und Mars befinden sich die riesigen Raumstationen STATION 4, DELTA 88 und NOSTROY 1.

Alle Länder der Erde arbeiten nun endlich zusammen um die Lebensräume der Erde zu sichern.

NEGUA 7 hat nun eine weite Reise hinter sich. Das einzige Raumschiff das Lichtgeschwindigkeit erreicht hat 3 Jahre andere Planeten besucht und viel Material eingesammelt. In den Frachträumen hatte es riesige Container geladen und ineinander gestülpt. Diese wurden mit vielen Erzen befüllt und auf die Reise in

Richtung Erde geschickt. Es kann Jahre und Jahrzehnte dauern, bis sie mit der Unterlichtgeschwindigkeit in Erdnähe eingesammelt werden. Die Container sind nun aus den Frachträumen des Raumschiffs. Mit seltenen Gewächsen, die auch in Lebensfeindlichen Gegenden wachsen können und für Nahrung sorgen, kehrt NEGUA 7 nun zurück. Der Bordcomputer entdeckte vorher aber noch einen Planeten mit seltenen Erden, diese werden immer noch dringend in der Elektronik verarbeitet und gebraucht. Inzwischen landete Chefingenieur Dresen mit seinem Außenteam auf dem Planet L77KL9. Die Messgeräte zeigten bestes Material an. Dresen funkte zum Raumschiff, dass es sich lohnen würde, eine Abbauanlage zu errichten. Diese Anlage baut die Erze, in einer vorher vorbestimmten Region, automatisch ab und verlädt sie in Containern. Haben diese ihre Füllmenge erreicht, schießt sie ein Roboter automatisch in den Weltraum Richtung Erde.

Eine dieser Anlagen befand sich noch an Bord. Der freigewordene Frachtraum würde natürlich mit Erzen gefüllt werden. Chefingenieur Dresen fragte die Biologin Lydia Georgens nach dem größtmöglichen Abbaugebiet. Über die im Raumanzug eingebaute Kommunikationsanlage antwortete sie: „Rodmenges gedurcht niotrozola." „Verstehe kein Wort!", rief Dresen. Er machte sich auf den Weg zu ihr, gab es Übertragungsprobleme? Er klopfte die Biologin von hinten auf den Raumanzug. „Was sagten sie gerade, ich habe nichts verstanden!" Lydia Georgens drehte sich langsam um und wiederholte: „Rodmenges gedurcht niotrozola." Dresen antwortete ganz ruhig: „Regonowa gedurcht." Inzwischen meldete sich Raumschiffkapitän Logan beim Außentrupp: „Die Berechnungen für die Abbauanlage steht. Warum höre ich von euch nichts mehr? Gibt es einen Defekt in der Kommunikations-Anlage?" Auf dem Monitor sah Logan lediglich das Zeichen „Okay" … wir kommen zurück.

Das Außenteam versammelte sich und flog zum Mutterschiff zurück.
Dort angekommen rief Logan dem Team zu: „Ich bin froh, dass ihr
wieder hier seid, außer der defekten Kommunikation sah ich
schwarze Schatten um euch herum, habt ihr das nicht bemerkt?"
Chefingenieur Dresen zog seinen Raumanzug aus und drehte sich
zum Kapitän.

Der erschrak und blickte in pechschwarze Augen: „Rodmenges
gedurcht!", sagte Dresen. Logan drückte gerade noch irgendeinen
Knopf am Schaltpult, bevor er von einem der schwarzen Schatten
übernommen wurde. „Loginos gedurcht", sagte der
Raumschiffkapitän danach. Weitere fast 80000 Schatten kamen an
Bord. Das Raumschiff steuerte in Richtung Mars. „LOPA 6B auf
dem Mars ruft das Raumschiff NEGUA 7, hört ihr uns? Die
Raumhäfen auf dem Mars sind überlastet. Bitte fliegt zum
Außenposten TITAN und geht in Wartestellung." Das Raumschiff
NEGUA 7 steuerte den Mond Titan an, das wurde so von der Mars-
Crew berechnet und im Automatik-Betrieb eingestellt. „In drei
Stunden ist das Raumschiff NEGUA 7 dort angekommen, schnell die
Auswertungen bitte!", sagte Sicherheitschef Nels Gordon zur
Mannschaft. Noch eine Stunde … 30 Minuten … „Hier die
Auswertungen, Mr. Gordon, wir haben Sichtkontakt zum Schiff!",
rief Lex Andersen aus der Sicherheitsmannschaft. Nels Gordon
studierte schnell die Auswertungen. „Eine Leitung zum obersten
Präsidenten, schnell!" Am Kommunikator, früher das rote Telefon,
waren sofort alle Präsidenten der Länder auf der Erde parallel
geschaltet. General Somatin war der Sprecher und gab sofort grünes
Licht. In der Zwischenzeit war das Raumschiff NEGUA 7 am Mond
Titan angelangt.

Es gab keine Kommunikation, weder vom Schiff und schon gar nicht
von der Mars-Station. „Station Kill!", ordnete Sicherheitschef Nels

Gordon an. Zwei Sekunden später explodierte der Mond Titan und vernichtete das Raumschiff NEGUA 7. Was war passiert?

Der Knopf, den Raumschiffkapitän Logan gedrückt hatte, nahm alle Informationen, Stimmen und Bilder auf. Der Bordcomputer analysierte alles. Bei unter Lichtgeschwindigkeit sendete der Bordcomputer alles zur Erde. Die Botschaft lautete: „WARNUNG! Eindringlinge an Bord... alle Crewmitglieder wurden übernommen ... 79.877 weitere körperlose Außerirdische an Bord ... sie wollen in menschliche Hüllen transformieren ... sie wollen die Erde übernehmen ... WARNUNG!" In allen Ländern der Erde wurde in den Präsidentengebäuden eine Tafel aufgestellt, mit den Worten: „Wir alle danken Raumschiffkapitän William Logan. Ohne Brot, Wasser und Natur gibt es diese Welt nicht mehr, aber dafür können wir zusammen sorgen. Ohne William Logan allerdings, gäbe es uns alle nicht mehr! Dank William Logan, von den Präsidenten und Menschen dieser Erde!"

Coca-Cola
PEPSI
PREMIUM
66

<u>Hoka Hey</u>

Der Truck, vollbeladen mit Benzin, raste direkt auf die Tankstelle zu. Der Highway war abschüssig. Hinter der Tankstelle ging es bergauf. Ob die Bremsen versagten, der Fahrer einen Fehler machte, es ist nicht bekannt. Das über 20 Meter lange Gefährt schleuderte und drehte sich. Der Wüstensand wirbelte auf. Niemand ahnte etwas in der Tankstelle. Jennys sechsten Geburtstag wollte man feiern. Dann krachte es. Der Truck schob die Zapfsäulen wie Spielzeug zur Seite. Benzinfontänen schossen durch die Luft. Zur Seite gekippt lag das Ungetüm vor der kompletten Tankstelle. Die 32 Grad im Schatten, die Benzindämpfe, das auslaufende Benzin, alles das ließ nichts Gutes für die 12 eingeschlossenen Menschen erwarten. Gut, dass ein Kurzschluss in der Außenbeleuchtung, mit der Aufschrift "Hoka Hey Driver", den Strom abgestellt hat. Sonst wäre es schon zur Explosion gekommen. Die Tankstelle ist schon seit Generationen im Besitz der Familie Hatah. Es ist ein indianischer Name. Hoka Hey hieß der Großvater oder der Urgroßvater. Das Aufschreien der Kinder, der Schock der Erwachsenen, legte sich langsam. Leider gab es nur nach vorne Fenster und Türen. Das lag daran, dass zur Rückseite die Sandstürme den Sand immer auftürmten. Nun lag der Truck vor Fenster und Türen.

Die Kinder mussten sich flach auf den Boden legen, um nicht so viel Dämpfe einzuatmen. Alle Erwachsenen gruben ein Loch, um auf die andere Seite fliehen zu können. Fliehen vor einer riesigen und tödlichen Explosion. Es war nur eine Frage der Zeit. Sie gruben unaufhörlich und in der Tankstelle, türmte sich ein Sandberg. Eine feste Platte stoppte ihr Bestreben, in die Freiheit zu gelangen. Sie klopften die Platte ab. Kein Holz, kein Metall, kein Stein. Etwas Leichtes und dumpfes. War es die Rettung oder mussten sie aufgeben? Da war ein eigenartiger Riegel, nicht zum Ziehen, nicht zum Drehen. Er bewegte sich nach innen. Langsam, etwas knirschend vom Sand, öffnete sich die Tür. Es war eine Luke. Frischer Sauerstoff kam ihnen entgegen. Jennys Vater, stieg zuerst ein, dann die Kinder und jetzt alle anderen Erwachsenen. Das Kleid von Jennys Mutter blieb an einem inneren Hebel hängen. Die Luke schloss sich wieder. Es war hell in dem Raum.

Woher kommt das Licht? Weitere Türen öffneten sich. Technische Geräte vermischten sich mit indianischen Werkzeugen. Ein durchsichtiger Sarg war zu sehen. Es lag ein Mensch darin, ein Indianer. Was sollten sie nur tun? Diese Knöpfe, diese Beschriftungen, dieses Licht. Alle haben so etwas noch nie gesehen, wohl aus Science- Fiction-Filmen.

Sollte es etwa ein Ufo sein? In diesem Augenblick gab es eine riesige Explosion. Der Truck explodierte. Selbst wenn sie frei und schnell gewesen wären, wie hätten sie es schaffen können? Nach dem Feuer wachten alle unbeschadet in der Wüste auf. Sie konnten sich an nichts mehr erinnern. Ein weiterer Mann war bei ihnen. War es ein Durchreisender? Oder der Truckfahrer?

Niemand wusste es. Auf seiner Halskette waren in indianischer Schrift die Symbole: „Hoka Hey", übersetzt: „Pass' auf"

<h1 align="center"><u>Verloren im Universum</u></h1>

Die Menschheit gab es schon lange nicht mehr. 80 Milliarden Jahre nach Erdenzeit ist es im Universum dunkel geworden. Die Schwarzen Löcher innerhalb der Galaxien haben so gut wie alle Sterne und Planeten geschluckt. Vereinzelt sah man noch hier oder dort etwas leuchten. Der Raum zwischen den ehemaligen Galaxien ist unendlich weit und unendlich leer geworden. Bald würden die Schwarzen Löcher keine Nahrung mehr haben. Da sie so weit voneinander entfernt waren, konnten sie sich nicht gegenseitig beeinflussen, sie würden einfach nur verhungern und sich auflösen. Von Beginn des Urknalls an hat sich das Universum um den Faktor eine Quadrillion vergrößert. Um die Menschheit zu retten, baute man ein Raumschiff, noch bevor die große Katastrophe eintrat. Ein Himmelskörper raste auf die Erde zu, er war nur minimal kleiner als der Mond. Alle Weltmächte taten sich zusammen, aber es gab keine erfolgreichen Gegenmaßnahmen. Nun gab es verschiedene Meinungen der Wissenschaftler. Einige glaubten, dass der Geist weiterhin existieren würde, dann ließ man geschehen, was geschah. Andere glaubten an eine Parallelwelt und gingen davon aus, dass es mit ihnen dort sowieso weiterginge.

Wieder andere glaubten an die Einmaligkeit des Menschen und seines Seins, sie wollten im Universum ein neues Zuhause suchen. Die letzten Jahre auf der Erde vergingen also entweder im völligen Chaos oder aber an anderer Stelle, in ruhiger Erwartung.

8 Monate, 7 Tage und 11 Stunden vor dem Einschlag auf die Erde, startete das Raumschiff EARTHLING 2666. Das Raumschiff wurde angetrieben von der Dunklen Energie, die zog das Raumschiff immer schneller an den Rand des Universums. Um die Kältekammern mit Energie zu versorgen, griff man einfach in den Weltraum und sammelte Dunkle Materie ein, davon war ja genug

vorhanden. Während des Kälteschlafs benötigte die Mannschaft keine Nahrung, danach standen Nahrungsersatzstoffe zu Verfügung, nicht schmackhaft, aber man konnte davon leben. Die Mannschaft auf der EARTHLING 2666 beschloss, die Vernichtung der Erde nicht miterleben zu wollen. Bereits kurz nach dem Start gingen alle in den Tiefschlaf. Von der Erde aus wurde die Reise des Raumschiffs die letzten acht Monate überwacht, bevor der Einschlag die Erde völlig zerstörte. Die Reisegeschwindigkeit begann durch die Dunkle Energie langsam und steigerte sich dann auf Lichtgeschwindigkeit.

Die Wissenschaftler berechneten ein Aufwachen aus dem Kälteschlaf nach etwa zwanzig Jahren. Dabei machten sie allerdings den Fehler, dass, wenn das Raumschiff mit Lichtgeschwindigkeit auf einen Himmelskörper zuflog, immer wieder bis auf wenige Stundenkilometer abgebremst wurde und es das Objekt umfliegen musste. Und danach, wenn der Weg frei war, es erst wieder auf Lichtgeschwindigkeit ansteigen konnte.

Das Universum dehnte sich immer schneller aus. Viele Sterne und Galaxien stießen zusammen, aber alles wurde nach außen gezogen. Das im Raumschiff verbaute Antigravitations-Modul arbeitete zwar einwandfrei, doch glaubte man, dass es auch bei Lichtgeschwindigkeit Berechnungen durchführen konnte. Das war ein Irrtum und so bremste das Notlauf-Modul immer die Geschwindigkeit ab. Das alles ist nicht weiter tragisch, aber statt der zwanzig Jahre Kälteschlaf war das Raumschiff nun fast 67 Milliarden Jahre unterwegs. Das Raumschiff schaffte es knapp bis an die Außengrenze des Universums. Es flog auf ein Nichts zu. Zurückgeschaut sah man nur noch wenige leuchtende Objekte. Die Mannschaft wachte irgendwann auf, nach der Berechnung des Computers zur genau eingestellten Zeit nach zwanzig Jahren, von den eigentlichen 67 Milliarden Jahren wussten die

Besatzungsmitglieder nichts. Alle waren wie geschockt. Niemand hatte eine Erklärung.

Und dann ging alles sehr schnell. Die letzte Materie wurde von den Schwarzen Löchern aufgesaugt. Sie selbst lösten sich in Nichts auf. Dann gab es keine Materie mehr im Universum, keine Zeit, nur noch das Nichts, eine Leere. Und wer meint, in diese Leere, ins Schwarze zu schauen, das wäre das Nichts, der irrt. Die Besatzung stand wie versteinert vor dem geöffneten Plasmafenster und sah das absolute Nichts auf sich zu kommen. Das Universum wurde von innen nach außen aufgelöst. Immer näher kam dieses absolute Nichts. Dann traf es auf das Raumschiff und den übriggebliebenen Rest des Universums. Nun gab es nichts mehr, nichts erinnerte noch an Zeit, Materie, Raum, spielende Kinder. „Hallo, wir sind hier! Seid gegrüßt!", sagte eine Stimme. Die Raumschiff-Crew wurde von strahlenden Wesen begrüßt. „Wartet, wir zeigen uns, wie wir waren, wie ihr uns kennt!" Alle existierten, alle Freunde, alle Familienmitglieder, auch die letzten Wissenschaftler bei der Verabschiedung vor dem großen Flug. „Ja, wir überlebten. Der Himmelskörper kam auf uns zugeschossen. Es wurde heiß. Uns wurde schwarz vor Augen und im gleichen Augenblick befanden wir uns in einem Paralleluniversum. Alle Wissenschaftler hatten damals Recht. Der Mensch als Lebewesen war in seiner Form einmalig, natürlich gab es im Universum verschiedenartiges Leben. Auch die hatten Recht, die gesagt haben, dass der Geist immer existiert. Und auch die, die an Parallelwelten geglaubt haben. Und nun warten wir alle auf einen neuen Urknall."

Rettungsmission außerhalb aller Grenzen

Das Raumschiff DARK 5000 trieb nun bereits seit mehr als 200 Molanen, das sind etwa 360 Jahre auf der Erde, in der Dunkelheit, im Nichts. Die Besatzung versuchte damals, den letzten Stern im gesamten Universum zu überwinden und über diese Grenze des sich ausdehnenden Weltalls zu fliegen. Erwartete sie weiterer Raum, in das sich das Universum ausdehnen würde oder eine Wand, wie die Außenhaut eines Luftballons? Mittlerweile sind auf dem letztgelegenen Planeten im Universum der THORN Generationen vergangen. Der kleine Ridock, dessen Vater an der Mission der DARK 5000 beteiligt war, wurde ein erfolgreicher Wissenschaftler. Er entwickelte die Raumschiffgeschwindigkeit Solexus, ein Vielfaches der bis dahin möglichen Lichtgeschwindigkeiten, dem sogenannten Lichtsprung. Um nicht noch ein Raumschiff zu verlieren, blieb alles über zwei weitere Generationen Theorie. Heute ist nun der Tag, an dem Ridocks Enkel, Kommandant Riment, mit dem Raumschiff DARK 5000 B einen weiteren Versuch starten sollte, um die Grenzen des Universums zu überwinden. Für Ridock stand es immer fest, dass das Raumschiff DARK 5000 nur verschollen war, sich nicht in der Dunkelheit, dem Nichts, aufgelöst hat. Seine Theorie war: das Nichts ist Etwas. Der Start glückte perfekt.

Schnell wurde auf die Geschwindigkeit Solexus umgeschaltet. Von allen Radarerfassungsgeräten verschwand das Raumschiff, diese Geschwindigkeit konnte kein Messgerät verfolgen, kein Kontakt war möglich, einfach nichts. Aber genau das berechnete Ridock damals, es war also alles im grünen Bereich. Ridock hatte aber auch die passende Lösung, Bojen wurden aus dem Raumschiff geschossen, die alle bis dahin gesammelten Informationen und Kommunikationen gesammelt hatten. Diese Bojen blieben genau am Aussetzpunkt stehen, konnten also auch als Wegweiser für einen Rückflug dienen. „Das ist ja wunderbar, die erste Boje sendet. Der Mannschaft geht es gut. Ein Hoch auf unseren verstorbenen Wissenschaftler Ridock!" Die Mannschaft in der Zentrale jubelte und staunte, dass der letzte Stern HOPE RIMOCK 7706 nach nur drei Zentauren überwunden wurde, das waren fünf Millisekunden auf der Erde. Weitere Bojen wurden ausgesetzt. Das Raumschiff DARK 5000 B befand sich schon lange in der Dunkelheit, im Nichts. Damals, bei der vorherigen Mission, gab es ein Problem, als das gesamte Universum nicht mehr sichtbar war, als es als kleiner Punkt verschwand, absolut keine Orientierung mehr möglich war, kein Instrument mehr funktionierte. Mit den ausgesetzten Bojen gab es nun diese Signale.

Das Raumschiff DARK 5000 B flog immer weiter ins Nichts, was bedeutete, dass das Nichts etwas war, es gab den Raum, in dem sich unser gesamtes Universum ausdehnen konnte. „Wie weit fliegen wir?", fragte Steuermann Sinks Kommandant Riment. „Der Auftrag lautet, sucht das Raumschiff DARK 5000, falls es einen Raum gibt, in dem sich das Weltall ausdehnen kann!", sagte Riment. Die Zeit verging, das Raumschiff drang immer tiefer ins Nichts ein. „Welch gewaltiger Raum um das Weltall aufgebaut ist, wer hat das wohl erschaffen? Gibt es wirklich kein Ende?", fragte Wissenschaftlerin Blenk an Bord der DARK 5000B. Ihr Kollege Force rief plötzlich: „Ich habe minimale Spuren von einem Lichtsprung-Antrieb gefunden, ansonsten gibt es hier keine Atome, keine Strahlung, einfach nur Nichts!" „Wir folgen der Spur!", befahl der Kommandant. „Alle Informationen sind in der nächsten Boje zu speichern!" „Ein Objekt kommt auf uns zu!", schrie der Steuermann. „Ausweichkurs! Festhalten!", kommandierte Riment. Mit einer Wahnsinnsgeschwindigkeit, das Zigfache der heute bekannten Solexus-Geschwindigkeit, wären sie fast mit dem Objekt kollidiert. Das Objekt stoppte, die DARK 5000 B stoppte ebenfalls.

„Hier Kommandant Renkin vom Raumschiff DARK 5000, ich begrüße Sie Kommandant Riment der DARK 5000 B!", sagte die Stimme aus dem Kommunikationsgerät.

Völlig erstaunt antwortete Kommandant Riment: „Wir können uns doch gar nicht kennen, wie kommt es, dass Sie leben? Woher kommen Sie? Wieso können Sie so schnell fliegen?" Aus dem Lautsprecher kam die Antwort: „Fragen über Fragen, alles wird beantwortet. Alles ist schwer zu verstehen, aber alles wird geklärt. Nur so viel vorab, wir trafen auf ein Paralleluniversum, dort gibt es uns ebenfalls. Ridock lebt hier noch und hat eine noch schnellere Geschwindigkeit entwickelt. Nun kommen wir mit vielen Informationen zurück zu unserem Heimatplaneten. Der Raum für alle Universen scheint grenzenlos zu sein!"

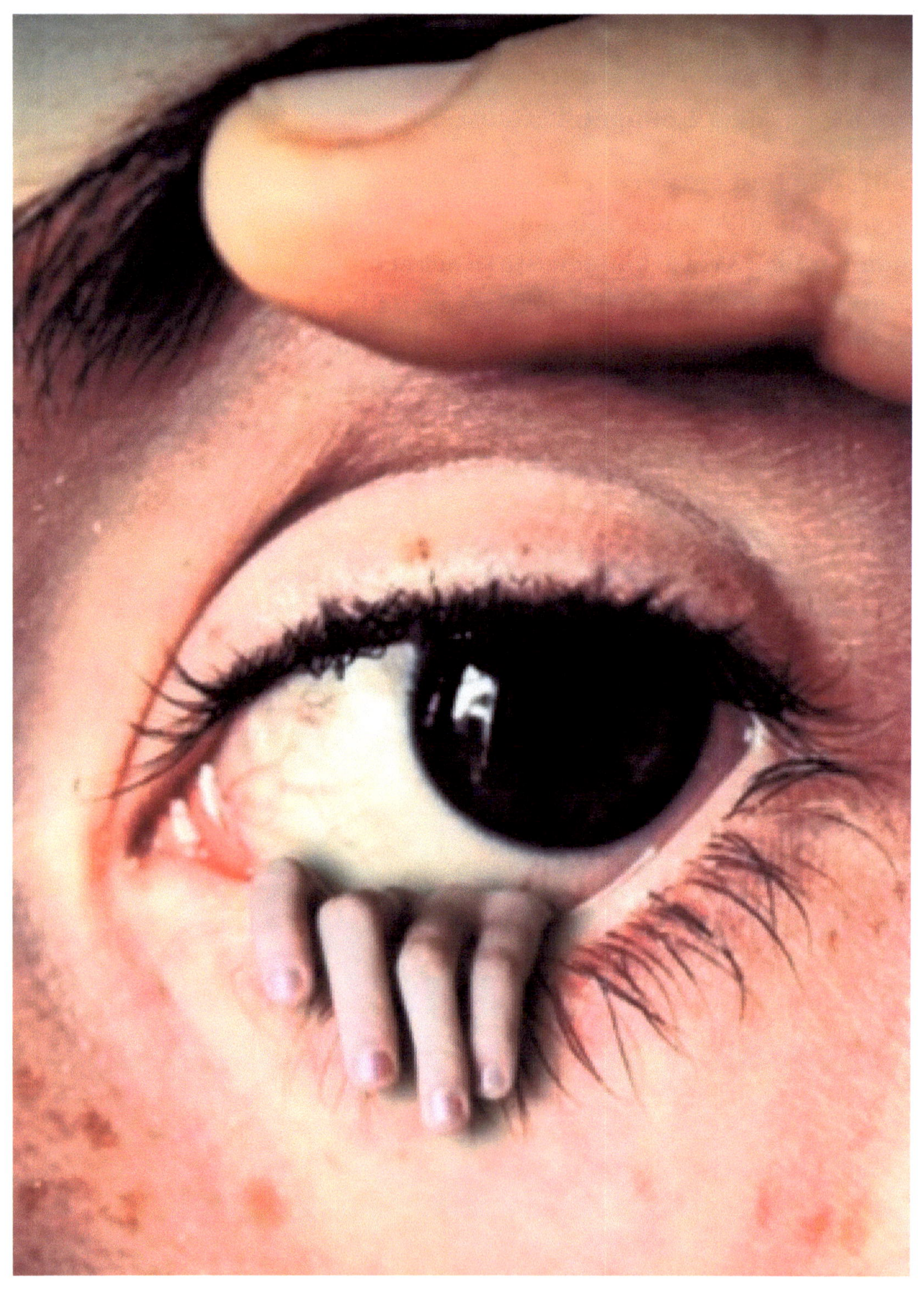

Das Auge

Woran denken Sie, wenn Sie sich im Badezimmer die Hände waschen? Nach der Rasur die Barthaare wegspülen? Den Zahnbecher mit Wasser füllen? Nichts? Oder: Komme ich zu spät zur Arbeit? Auf keinen Fall, dass Sie beobachtet werden, schließlich lässt sich die Badezimmertür absperren! Nun, genau dies dachte sich wohl auch Angela McCorby, oder auch nicht! Was ist geschehen? Durch einen Defekt, keiner weiß, wie es passieren konnte, ist Abwasser in die Frischwasserzufuhr des Hauses an der Lincoln Street 55 eingedrungen. Lediglich stellte man bislang fest, dass Abwasser der naheliegenden Industrie-Unternehmen in den Garten der McCorby's gelang. Wie jeden Morgen war Angela die letzte im Haus. Noch schnell die Küche aufgeräumt, die drei Kids hinterließen wieder eine Großbaustelle, nun noch das Badezimmer gereinigt, danach ging es ab ins Büro. Der Ablauf fand auch wie immer so statt. Nur, was glitzerte dort im Siphon des Waschbeckens im Badezimmer? Hat ihre Tochter Diana etwa einen Ohrring verloren? Angela schaute sich das glitzernde Etwas genauer an. Immer näher und näher schaute sie in das Waschbecken. Plötzlich sprang ihr etwas ins Auge, es war wohl ein Wassertropfen. Alles schien okay… nun ab ins Büro. Tage später bemerkte Angela, dass sich ihr Augenlicht auf dem rechten Auge verschlechterte.

Auch eine Verfärbung und Verdickung stellte sie fest. Zunächst bekämpfte Angela das Übel mit Augentropfen. In der Nacht hatte Angela schlimme Albträume, ihr Ehemann Stan weckte sie oft. Morgens konnte sich Angela an alle Vorkommnisse im Traum erinnern. Eigenartiger Weise sah sie immer Leichen vor ihrem sogenannten dritten Auge. Auch am Tag, und in der Nacht sogar Gesichter.

„Da reicht nun nicht mehr ein Augenarzt!", flachste Stan. „Da musst du wohl zum ...!" „Sprich nicht weiter!", stoppte ihn Angela. Mit den Tagen veränderte sich Angela. Sie trug nun eine dunkle Sonnenbrille, sie verhielt sich auch sehr zurückgezogen. Nun reichte sie auch noch unbezahlten Urlaub ein. Die Hausarbeit erledigte Angela nur noch mit Widerwillen. Als ihr auch noch mehr Haare ausfielen, quartierte sie sich im Gästezimmer ein. Die Tage vergingen. Die Kinder wurden vom Vater versorgt, Angela kam nicht mehr aus dem Zimmer, sie schloss sich ein. Die Familie sorgte sich sehr, auch Dr. Miller, Hausarzt der Familie, wurde nicht von Angela empfangen. Eines Nachts machte sich Stan daran, mit einem Draht den Schlüssel der Tür auf den Fußboden fallen zu lassen.

Vorher schob er ein Blatt der Tageszeitung unter die Tür durch. Es klappte, der Schlüssel fiel auf das Blatt, langsam zog Stan nun das Blatt mit dem Schlüssel zu sich. Vorsichtig und leise öffnete er die Tür. Nun schlich er zum Gästebett, Angela schlief fest, sie stöhnte. Sie trug eine Augenklappe, ihr Gesicht war geschwollen. Vor dem Bett lagen ihre wunderschönen Haare, alle waren ausgefallen. Stan erschrak, er nahm die Augenklappe von Angelas Kopf ab und schaltete die Nachttischlampe ein. Eine Todesangst hatte Stan, als er die verschrumpelte Gesichtshälfte mit den Narben und Pocken sah. Angela schlief weiter, stöhnte dabei, aber ein Auge schaute Stan an, es war ein grauenhafter Anblick, das war kein Auge, es war ein ganzer Organismus mit Augen und Mund. „Bezahlen werdet ihr alle dafür, bezahlen!", quietschte es aus dem verunstalteten Mund. Stan rannte aus dem Haus und übergab sich. Sofort rief er den Sheriff.

Das FBI schaltete sich ein. Die ganze Familie und das ganze Anwesen wurden unter Quarantäne gestellt.

Ja, nun sind sechs Monate vergangen. Angelas schönes Gesicht konnte nicht gerettet werden, die plastische Chirurgie tat aber ihr bestes. Aber sie lebt und die Familie wohnt nun in Canada.

Sie fragen nach der Ursache des ganzen? Eine der Firmen arbeitete mit hochgradigen Säuren. Sicherheitsvorschriften wurden nicht eingehalten. Arbeiter, die in Säurebecken fielen, wurden im Erdreich entsorgt. Arbeiter, die sich verätzten, wurden umgebracht. Auf dem Betriebsgelände wurden 186 Leichen gefunden, 34 Jahre gab es diesen Betrieb, wer weiß, was noch alles ans Tageslicht kommen würde. Der Besitzer stürzte sich am Tag der Durchsuchung in eines der riesigen Säurebecken.

<u>POLICE IN THE UNIVERSE</u>

Unsere Galaxis ist aufgeräumter geworden, nicht etwa was die Sterne und Planeten angeht, es geht um die Kriminalität. Im 25. Jahrhundert schlossen sich 128 Planeten unserer Galaxis zusammen und gründeten das **STAR MARSHAL OFFICE**. Diese Polizei im Universum hat ihr Hauptquartier auf dem Mars. Der Mars ist Lebensraum für viele Menschen geworden, aber auch viele Außerirdische leben in Städten wie Lincoln oder Grosnau. Über den Präsidenten Abraham Lincoln wissen wir natürlich vieles, auch Jahrhunderte später. Krock Grosnau ist das Oberhaupt des Planeten Amesis. Gerade er war es, der für Gerechtigkeit und Ordnung in unserer Galaxis, der Milchstraße, plädierte und die restlichen 127 Planeten zusammenbrachte. Auf dem Mars entwickelten sich mittlerweile 80 Städte. Ein Hauptgrund den Mars zum Hauptquartier zu machen, war es, dass seine Anziehungskräfte geringer sind, als auf der Erde. Denn Ursprünglich wurde die Erde als Zentrale der **POLICE IN THE UNIVERSE** auserwählt. Außerdem kreisen ständig 8 Polizei-Raumschiffe um den Mars.

„Hauptquartier an Marshal Stan Thor. Bitte melden sie sich im Einsatzkommando auf dem Mars im Star Marshal Office Raum 34.", ertönte es aus dem L-Com. Stan Thor arbeitete gerade wieder an einem uralten Colt. Im Entspannungsraum kämpfte er immer gegen virtuelle Gegner. Das waren auch schon einmal Billy the Kid und andere Revolverhelden. Seine Gedanken waren oft bei seinem Großvater. Greg Thor erzählte seinem Enkel oft etwas über die Vergangenheit. Da war eben immer dieser Sheriff aus Omaha in Nebraska am Missouri. Opa nannte ihn immer nach seinem Enkel Stan. So entstand ein Sheriff im Wilden Westen in der Erinnerung von Stan Thor. Der Star Marshal legte den alten, aber frisch geölten Colt beiseite und meldete sich über L-Com. „Thor, Stan Thor hier über L-Com. Was gibt es?" „Hier General Jackson vom Mars Hauptquartier. Stan, komm' in die Klamotten, dein Einsatz wird benötigt. Ich freue mich, dass du diesen Fall übernimmst. Wir haben uns ja lange nicht gesehen. Wir wollen uns nach deinem Einsatz treffen, geht das klar?", fragte der General. Clint Jackson und Stans Vater waren Pioniere des STAR MARSHAL OFFICE. In den Anfangszeiten kämpften sie Rücken an Rücken für Recht und Ordnung. „Geht klar, General. Ich freue mich von dir zu hören.", antwortete Stan. Der General weiter: „Gut, ich übergebe jetzt an Botschafter Kongros vom Planet Mendrok… … … Marshal, wir benötigen ihre Hilfe. Ich habe über geheime Kanäle erfahren, dass eine unbekannte Macht die Führung unseres Heimatplaneten bedroht. Es wird wohl wieder um Erze gehen. Ich gebe den Einsatzbefehl KL-456-UG4." „Ich habe verstanden, Botschafter. Meine Mannschaft stelle ich sofort zusammen. Ich werde über L-Com Kontakt zu ihnen halten.", so der Marshal. L-Com ist die Sprach- und Bildübertragung im 25. Jahrhundert. Da die Raumschiffe mit weit über der Lichtgeschwindigkeit fliegen, muss der Zeitunterschied zwischen Raumschiffen und Raumstationen ausgeglichen werden. Die genaue Bezeichnung lautet: Lichtgeschwindigkeits- Ausgleich- Kommunikator, nach dem Erfinder Professor Elias Wardenga aus Deutschland.

Marshal Stan Thor machte sich nun daran, die Mannschaft aufzustellen, die für diesen Einsatz am geeignetsten zu sein scheint. In seiner Bibliothek sind alle Frauen und Männer des STAR MARSHAL OFFICE vertreten. Jetzt musste er nur noch die Verfügbarkeit abrufen. „Hoffentlich ist Korogon vom Planet Amesis abrufbereit. Er kennt seinen Heimatplanet am besten.", murmelte Stan, auf dem Bildschirm schauend, so vor sich hin. „Ach, ich werde ihn sofort kontaktieren." Stan nahm das Mikrofon und schaltete L-Com auf senden. „Stan Thor über L-Com an Marshal Korogon…

bitte melden… Dringlichkeitsstufe 999ROT3.“ Jetzt konnte es einige Zeit dauern bis der Kontakt hergestellt wird. Der Lichtgeschwindigkeits-Ausgleich-Kommunikator musste schließlich viel berechnen. War Marshal Korogon nur „um die Ecke“ oder viele Lichtjahre entfernt zu finden? Stan Thor schrieb in der Wartezeit seine Liste weiter zusammen. „Mmh… auf jeden Fall will ich Gains dabei haben, auf jeden Fall.“ Marshal Greg Gains war Stans Freund seit der Kindheit. Beide gingen den Weg der Polizei-Schule gemeinsam. Beide konnten sich jederzeit aufeinander verlassen. Beide retteten sich viele Male gegenseitig das Leben. Greg Gains ist seit 20 Jahren verheiratet, 2 Kinder, ein Haus in Florida. Es war eines der letzten Grundstücke in Florida, welches durch den Präsidenten vergeben wurde. Gains war maßgeblich daran beteiligt, dass der Präsident heute noch lebt. „Hi, hier Korogon. Alles Roger bei dir, Stan?“, ertönte es aus dem L-Com. „Na, du wirst ja auch immer amerikanischer, Korogon. Ich freue mich, dass du dich meldest.“, sagte Stan Thor. „Ist doch klar. Ich habe bereits auf deinen Anruf gewartet. Auf meinem Heimatplanet ist ja wohl die Hölle los.“, so Korogon. „Stimmt, gib mir doch bitte Informationen. Um welche Erze handelt es sich?“, fragte Stan Thor. „Krysilium, Stan, es handelt sich um Krysilium. Es ist leicht zu verarbeiten. Wird Krysilium langsam unter Druck gesetzt, dann gibt es kontinuierlich seine Energie frei. Schlägst du auf Krysilium, dann explodiert es mit einer unvorstellbaren Kraft.“, erklärte Marshal Korogon. „Unglaublich, dieses Krysilium. Übrigens, wo bist du gerade?“, so die Frage von Marshal Thor. „Ich stehe bei dir vor der Tür! Haste mal ein Bier?“

Jetzt gingen die Marshals die Liste durch. Sie entschieden sich für Marshal Gains, Marshal Stark vom Planet Demus, Marshal Ricardo von der Erde, sowie die Deputys Norgon und Fenston von der

Einsatzzentrale Kredok 07. Dazu kommt natürlich noch die ständige Besatzung des Polizei-Raumschiffs STAR MAR 8.

Keine 12 Stunden später startete dann das Raumschiff. Bis zum Planet Mendrok waren es gute 3 Tage Flugzeit bei 6-facher Lichtgeschwindigkeit. „Marshal Stan Thor an das Mars Hauptquartier." „Hier Mars Hauptquartier, bitte sprechen sie, Marshal." „Wir sind auf dem Weg zum Einsatzort. Bitte übermitteln sie alle Informationen und Daten über L-Com. Wir melden uns und geben einen Statusbericht. Marshal Stan Thor… Ende."

Kurz vor ihrem Ziel ging die STAR MAR 8 auf Unterlichtgeschwindigkeit. Provokativ und siegessicher patrouillierten drei Raumschiffe versetzt um den Planet Mendrok. „Projektor einschalten!", befahl Marshal Thor. Der Ton wurde nun Ernst. Vorbei mit „haste mal ein Bier", jeder war sich der Aufgabe bewusst. Jeder wusste, dass Krysilium eine ungeheure Macht in den Händen von Terroristen ist. Jeder war aber auch bereit, sein eigenes Leben für viele Milliarden Lebewesen im Universum zu opfern. Denn es sind die Star Marshals, die im Weltraum für Recht und Ordnung sorgten. „Projektor ist eingeschaltet, Marshal.", verkündete der Navigator der STAR MAR 8. Der Projektor projizierte nun den Weltraum, der hinter dem Raumschiff zu sehen war, vor das Raumschiff. Dazu waren insgesamt 8 Projektoren nötig, die an allen Ecken des Schiffs eingebaut waren. Marshal Korogon rief: „Es sind Trüpiden-Schiffe!" „Erkläre das genauer.", antwortete Stan Thor. „Mit den Trüpiden hatte wir schon einmal zu tun. Über etliche Jahrhunderte und von Generation zu Generation reisten sie im Tiefschlaf in unsere Galaxis, um nach Beute zu suchen.", erklärte Korogon.

„Ich orte zwei verschiedene Arten von Lebensformen im Amtssitz auf dem Planet Mendrok.", analysierte der erste Offizier der

STAR MAR 8. „Und ich erkenne auf dem Bildschirm ein weiteres Schiff der Trüpiden.", sagte der Navigator aufmerksam. „Typisch.", erkannte Marshal Korogon. „Sie halten unsere Politiker gefangen und erzwingen Beute. Dann folgt der Raumfrachter zur Verladung." „Vorschläge!", rief Stan Thor in die Runde. „Wir vernichten die drei Raumschiffe und den Frachter!", brachte sich Deputy Norgon ins richtige Licht. „Es ist noch ein weiter Weg zum Marshal für dich.", antwortete Marshal Stark. „Sorry.", so der Deputy kleinlaut. „Krogon, kommen wir unbemerkt in euren Amtssitz?", fragte Stan Thor. „Ja, wir Marshals vom Planet Mendrok haben die Codes für die fünf unterirdischen Fluchtgeheimgänge."

„Gut, dann arbeiten wir jetzt einen Plan aus. Wieviel Zeit haben wir bis zum Eintreffen des Frachters?", so Marshal Thor. „Etwa zwei Stunden.", schätzte der Navigator. Nach 43 Minuten stand der Plan. Die Körpertransporter sollten die Marshals und Deputys in die unterirdischen Geheimgänge befördern. „Hoffentlich stimmen alle Koordinaten, mein lieber Freund Korogon. Sonst war es das mit dem Bier, dann werden wir in einem Felsen materialisiert.", lachte Marshal Stan Thor. „Ich habe alle Daten so gut wie möglich geschätzt.", flachste Marshal Krogon. „Waaas? Geschätzt?", schrie Deputy Fenston. „War nur Spaß.", erwiderte Krogon. In dem Augenblick drückte Taktiker Ross Corwell der STAR MAR 8 auf den Transportknopf. Auch Ross Corwell hätte sich an dem Befreiungsunternehmen beteiligen können, er hatte Ausbildungen in allen Kampfsportarten absolviert. Aber er gehört zur Verteidigungscrew des Raumschiffes. Außerdem sind im Jahr 2480 das Tragen und Benutzen von Waffen nur den Marshals und Deputys gestattet. Gespannt schaute Corwell auf seine Monitore und Datenbänke. „Geschafft Leute! Sie sind gut angekommen, alle Lebenssignale sind im grünen Bereich. Bei Deputy Fenston sehe ich einen erhöhten Pulsschlag.", sagte Corwell. „Bei dem Spaß zuvor von

Korogon… kein Wunder.", lachte der Navigator. Captain des Raumschiffs STAR MAR 8 war Lydia Gohr. Jeden Einsatz, den Marshal Stan Thor hatte, erlebte sie mit wackeligen Knien mit, denn sie war sehr an Stan interessiert. Zumal Stan auch noch ein sehr attraktiver Junggeselle war. Kurz bevor der Funke überspringen konnte, beide amüsierten sich im Freizeitraum an der Bar, wurde die STAR MAR 8 angegriffen. Beide verschoben ihr Rendezvous dann auf unbestimmte Zeit. „Maschinen auf Bereitschaft einstellen. Fluchtgeschwindigkeit in Richtung Erde berechnen. Kampfplätze besetzen, falls die Jungs Schwierigkeiten bekommen.", befahl Lydia Gohr mit fester Stimme.

In der Zwischenzeit verteilte Marshal Stan Thor die Aufgaben im Untergrund des Amtssitzes der Führung des Planeten Mendrok. Plötzlich Geräusche. „Ruhig Männer.", flüsterte Stan Thor. „Wahrscheinlich haben die Trüpiden die Geheimtüren entdeckt.", sagte Korogon. „Ich gehe vor, Stan. Nimm meine Ausrüstung und meine Waffen. Sie denken, dass ich ein Arbeiter wäre. Ich habe einen Plan.", so Korogon weiter. Er ging mit einer Spitzhacke in den Händen, die vor langer Zeit beim Bau der Gänge gebraucht wurde, laut pfeifend direkt auf die Kidnapper zu. „Hallo Leute, wir haben eine neue Quelle des Erzes gefunden. Nanu? Wer seid ihr denn, solch nackte Gestalten habe ich auf unserem Planeten noch nie gesehen?" Sofort schlug ihn einer der Trüpiden nieder. Nun, im Gegensatz zu den Bewohnern des Planeten Mendrok, die mit einem dichten Körperpelz ausgestattet waren, sahen die Trüpiden wirklich blass und kahl aus. Waffen wo man nur hinblicken konnte, ein militärisches auftreten, gepaart mit einem grimmigen Gesichtsausdruck. Die Marshals waren in sicherer Entfernung. „Müssen wir nicht eingreifen?", flüsterte Ricardo fragend. „Er weiß, was er tut.", so Stan Thor. Benommen stand Korogon auf. Es folgte der nächste Schlag. „Wo sind die Erze? Führe uns sofort dort hin.", ertönte es aus den Übersetzungskommunikatoren der Trüpiden. Laut rief Korogon: „Ach, könnt ihr nicht in unserer Sprache kommunizieren? Braucht ihr also Übersetzer? ÜBERSETZER braucht ihr also!" „Marshal Stan Thor verstand den Wink sofort. Bei Übersetzern spielte es keine Rolle wer spricht, es wurde alles per Computerstimme ins Trüpidische übersetzt. „Sage sofort wo die Erzquelle ist, Arbeiter, sonst…" „Keine Panik! Ich will mein Leben behalten. Folgt mir.", sagte Korogon. Er führte die vier Trüpiden direkt auf die Marshals zu. In seinem dichten Pelz hatte er eine Strahlenkanone versteckt. Blitzschnell zückte er das Ding, drehte sich um und feuerte. Gleichzeitig standen die Marshals im Gang und zogen wie in einem Western ihre Kanonen. Die Trüpiden überlebten dieses Duell nicht. Marshal Ricardo blies wie Clint Eastwood den Rauch aus dem Lauf, nur rauchte im 25. Jahrhundert nichts, es waren schließlich Laserkanonen. „Gut, dass du deine Kanone in deinem Pelz verstecken konntest, alter Freund.", freute sich Stan. „Ja, sonst fühle ich mich wirklich sehr nackt.", erwiderte Korogon lachend. „So Männer, Planänderung. Über den Übersetzungskommunikator lotsen wir so viele Trüpiden wie möglich hierher. Korogon und ich verstecken uns vor der Tür des Amtssitzes und versuchen mit dem Rest fertigzuwerden. Danach greifen wir von hinten an und nehmen die Bande ins Kreuzfeuer.", ordnete Marshal Thor an. „Lass' mich in den Kommunikator sprechen. Ich hörte, wie einer mit einem Krockzeck sprach.", so Marshal Korogon. „Mache es, wir räumen die Leichen beiseite.", sagte Stan. „Ich rufe Krockzeck, ich rufe Krockzeck!", rief Korogon in den Kommunikator. „Du hörst dich so anders an, Nimzock. Was ist los?", ertönt es aus dem Kommunikator. „Die Erze stören den Kommunikator. Wir haben eine Goldgrube gefunden. Erze in Hülle und Fülle. Kommt herunter um uns zu helfen. Der Frachter soll sich bereit machen und die Schutzschilder runterfahren.", befahl

Korogon per Übersetzungskommunikator. „Unser Frachter hat gar keine Schutzschilder. Nimzock, bist du das wirklich?", ertönte es. Die Sache schien aufzufliegen. Da fand Stan bei einem getöteten Trüpiden eine Flasche Plohm, das ist ein alkoholisches Getränk auf Mendrock und warf sie vor Korogons Füße. „Ich meine diese Schutzschilder, oder wie heißt das denn, diese Schutzetiketten vom erbeuteten Plohm, damit wir alle anstoßen können. Wir waren schließlich erfolgreich!", sagte Korogon. „Ha, ha, ha! Ja, du hast Recht Nimzock! Auf den Erfolg und die Beute!"

Die Marshals Thor und Korogon liefen schnell zum Eingang und versteckten sich. Die Geheimtür öffnete sich und 12 Trüpiden gingen lachend und siegessicher den Gang entlang, direkt in die Arme der anderen Marshals und Deputys. Diese positionierten sich geschickt zwischen den Felsen. Thor und Korogon warteten etwas, danach erstürmten sie den Amtssitz. Die beiden übriggebliebenen Trüpiden waren ein leichtes Spiel für die Marshals. „Jetzt zu den anderen!", rief Korogon, nachdem er sah, dass die Führer des Planeten Mendrok unverletzt waren. „Warte, ich kontaktiere das Raumschiff. Marshal Thor an das Raumschiff STAR MAR 8. Bitte melden." „Hier Captain Lydia Gohr. Stan, seid ihr unverletzt?" „Ja, Lydia, sind wir. Auf mein Zeichen legt ihr euch mit den drei Raumschiffen an, nehmt auch den Frachter in Angriff!", so der Marshal. „Geht klar, viel Glück euch!", so Lydia Gohr. Von weitem hörten die beiden Marshals schon die Strahlenkanonen. Gains, Stark, Ricardo, Norgon und Fenston schossen aus allen Rohren. Norgon war leicht verletzt. Die Trüpiden hatte größere Verluste. Drei von ihnen hatten gut geschützte Verstecke. Plötzlich standen die Marshals Thor und Korogon hinter ihnen. „Im Namen des Gesetztes des STAR MARSHAL OFFICE! Ihr seid verhaftet, legt die Waffen nieder und ergebt euch!" Die drei Trüpiden drehten sich um und zogen ihre Waffen. Aber die Marshals waren schneller. Durchbohrt mit zahlreichen Schusswunden sackten die Trüpiden zusammen. Stan Thor gab sofort das Zeichen zum Raumschiff, damit Lydia handeln konnte.

Captain Lydia Gohr ließ die STAR MAR 8 etwa 5000 Meter neben dem eigentlichen Aufenthaltsort projizieren. Über den erbeuteten Übersetzungskommunikator rief Marshal Stan Thor die Raumschiffe auf, sich zu ergeben. Er selbst und die anderen blieben noch auf dem Planet Mendrok, falls die Trüpiden weitere Kämpfer schicken sollten. Außerdem war es zu gefährlich, jetzt den Körpertransporter einzusetzen. Die Trüpiden Schiffe umzingelten die projizierte STAR MAR 8 und feuerten aus allen Kanonen. Sie besaßen Plasma-Bomben, die die STAR MAR 8 sofort vernichten könnte. Captain Gohr blieb auf ihrer verdeckten Position. Marshal Thor rief nochmals über den Übersetzungskommunikator: „Im Namen des Gesetztes… ergebt euch!“… … … Jetzt war Lydia Gohr gefragt. „Antimaterie-Werfer ausrichten. Auf Fluchtgeschwindigkeit vorbereiten. Mit den Körpertransportern die Mannschaft auf dem Planet erfassen. Navigator, beobachten sie den Frachter, der will fliehen!“, befahl Gohr. „FEUER FREI!“

Die Trüpiden merkten viel zu spät, dass sie aus einer anderen Richtung angegriffen wurden. Die starke Feuerkraft der STAR MAR 8 vernichtete die drei Raumschiffe sofort. „Holt uns an Board.“, sagte Stan Thor über L-Com. „Jetzt den Frachter verfolgen.“, so Lydia Gohr. Sie stellten den Frachter und verhafteten die Crew. Der Frachter wurde den Beamten des Planeten Mendrok übergeben, um technische Informationen über die Eindringlinge zu erhalten. Die Crew des Frachters wurde eigesperrt und wartete nun auf ein Gerichtsverfahren.

„Bin ich froh, dass ihr alle wieder auf dem Schiff seid. Wie sieht es heute Abend mit einem Rendezvous in der Schiffsbar aus, Stan?“, fragte Lydia. „Ich freue mich darauf.", erwiderte Stan. „Wir setzen die Ganoven auf Ursus 4 ab. Dort ist ein Sicherheitsgefängnis. Es sind nur wenige Lichtjahre Umweg, dann haben wir das Gesindel nicht so lange auf unserem Schiff.", ordnete der Marshal an. Das Polizei-Raumschiff startete zu diesem Planet. Der Eintrag ins Logbuch lautete: „Auftrag mit Erfolg durchgeführt. Die Führung auf Mendrok ist befreit. Auf unserer Seite keine Verluste. 18 Gefangene, die zu Ursus 4 gebracht werden. Voraussichtliche Rückkehr zum Mars in etwa 100 Stunden nach Erdenzeit. Captain Gohr… Ende."

In der Schiffsbar trafen sich abends die Marshals, Deputys und Crewmitglieder der STAR MAR 8. Es wurde gefeiert, gelacht und erzählt. Der Nahrungsreplikator erzeugte Weine aus einer längst vergessenen Zeit. „Ich habe da mal eine Frage, Captain. Wie haben Sie damals entdeckt, dass es außerhalb des Universums noch Raum gibt? Ich dachte, das Universum ist endlich.", fragte Deputy Norgon. „Eigentlich wollte ich mich jetzt amüsieren, Deputy, aber ich erkläre es ihnen gerne. Ich war gerade zwei Monate Captain auf dem Technikraumschiff LOGROS 07. Es war vollgepackt mit der neusten, aber ungeprüften Technik. Es waren Antriebserfindungen, es wurde mit Materie, Antimaterie, Dunkle Energie, usw. experimentiert. Prof. Isaak Greg war immer schon der Meinung, dass alles wie im Kleinen, so auch im Großen ist. Das Elektron kreist um den Atomkern, der Mars kreist um die Sonne, die Sonne kreist in der Milchstraße um ein Schwarzes Loch. Galaxien kreisen um riesige Schwarze Löcher. Und was ist mit dem Universum? Ist danach das Nichts? Wir testeten gerade einen neuen Antrieb mit der Dunklen Energie. Plötzlich waren wir nicht mehr im feststofflichen Universum, sondern in der Dunklen Materie. Wir schossen durch das Universum und wurden aus diesem katapultiert. Wir knallten nicht etwa an eine Wand, an ein Ende des Universums. Nein, der Raum, in dem sich das Universum ausdehnt, ist viel größer. Das

Raumschiff stoppte irgendwann. Als wir im Ansatz realisiert haben, was da eigentlich passiert ist, sahen wir unser Universum so groß wie eine Wassermelone auf den Monitoren. Wir stellten die Außenkameras auf Rundumsicht. Wir sahen viele andere Universen. Prof. Isaak Greg nannte diesen Raum das Omnium. Wie viele Universen das Omnium beinhaltet, wissen wir noch nicht." Der Deputy bedankte sich und ging zur Bar, um mit seinen Freunden darüber zu diskutieren.

„Stan, hier ist mir heute zu viel los, lass' uns in meine privaten Räume verschwinden.", schlug Lydia vor. Beide schlichen sich aus der Bar und verbrachten eine herrliche Nacht zusammen.

„Navigator an den Captain. Wir nähern uns Ursus 4.", ertönte es aus dem L-Com. „Ich komme sofort auf die Brücke.", antwortete Lydia Gohr. „Liebster, kümmerst du dich um die Gefangenen? Aber sei vorsichtig."

Die 18 Gefangenen wurden abgeliefert. Nun nahm das Polizei-Raumschiff Kurs auf den Mars.

Alle Systeme arbeiteten einwandfrei. Plötzlich meldete sich die Stimme des Bordcomputers: „Warnung! Die Nähe eines Schwarzen Lochs wird registriert! Warnung!" „Captain, ich habe das Schwarze Loch auf dem Schirm. Es liegt auf unserer Route. Das Schwarze Loch hat seine Position stark verlagert, unsere Weltraumkarten müssen neu erfasst werden.", so der Navigator. „Übermitteln sie alle Daten zu allen 128 Planeten, die dem STAR MARSHAL OFFICE angeschlossen sind. Geben sie eine allgemeine Warnung aus.", befahl Captain Lydia Gohr. „Objekt von Backboard!", schrie der Wissenschaftsoffizier. Zu spät. Ein riesiger Eisbrocken, angezogen durch das Schwarze Loch, kollidierte mit der STAR MAR 8 und riss das Raumschiff in Richtung Schwarzes Loch. „Gegensteuern! Volle

Kraft!", rief Gohr. „Eine Antriebsgondel ist beschädigt. Ich kann sie nicht aktivieren. Wir werden vom Schwarzen Loch angezogen!", so der Wissenschaftsoffizier. „Können wir durchfliegen oder werden wir zerfetzt?", sorgte sich Deputy Fenston. „Wer durch ein Schwarzes Loch fliegt, steuert innerhalb dessen auf ein Weißes Loch zu. Der Endpunkt ist ein Paralleluniversum zu unserem. Aber das ist Theorie, pure Theorie!", erklärte Captain Lydia Gohr. „Die linke Antriebsgondel ist abgerissen!", so der Navigator. „Wir geben die STAR MAR 8 auf. Geben sie einen Bericht zum Mars. Alle Mann von Bord. Besetzt die Fluchtkapseln. Ich bleibe so lange wie möglich auf dem Raumschiff und versuche die Stellung zu halten!", rief Gohr. „Wir bleiben!", rief der Navigator. „Das ist ein Befehl! Alle Mann von Bord!", bekräftigte Gohr. „Ich bleibe, Lydia.", flüsterte Stan Thor.

Die Fluchtkapseln schossen mit Lichtgeschwindigkeit in Richtung Mars. „Ich bereite unsere Fluchtkapsel auch vor, Lydia.", sagte Stan. Stan packte auch etwa zwei Kilogramm Krysilium ein. Damit wollte er im Mars-Hauptquartier experimentieren. „Computer, wann müssen wir spätestens das Raumschiff verlassen?", fragte Gohr. „Sie erreichen den gefährlichen Einzug in genau 3 Minuten und 45 Sekunden. Sie erreichen den Kern in 4 Minuten und 23 Sekunden. Heute ist das Wetter auf der Erde in Kalifornien sonnig. Sie sind Schach-Matt in zwei Zügen. Sie sind schwanger, Captain. Sie haben noch drei krotiokorendrendrum….", antwortete der Computer und versagte völlig. Die STAR MAR 8 drehte sich immer schneller, wurde immer näher angezogen. Die Außenkameras versagten. Das Lebenserhaltungssystem versagte. Immer mehr Systeme fielen der Anziehungskraft und dem enormen Druck zum Opfer. Lydia und Stan saßen gefangen in der Fluchtkapsel. Der kleine Monitor funktionierte noch. Die Frage war nun, wann ist der richtige Augenblick zum Starten? Geht es dann tiefer in das Schwarze Loch oder schaffen sie den Sprung in die Freiheit. „Durch die

Drehbewegung habe ich berechnet, dass die zweite Antriebsgondel des Schiffs in Richtung Kern zeigt. Wir gehen auf Fluchtgeschwindigkeit und gleichzeitig schieße ich auf die Gondel. Wenn sie explodiert wird die freiwerdende Kraft uns helfen freizukommen.", schlug Lydia vor. „Ja, ist natürlich Theorie, ist schon klar.", lachte Stan mit Galgenhumor. „Übrigens lautet die letzte Botschaft der Crew, dass alle in Sicherheit sind.", ergänzte er noch.

Das Raumschiff drehte sich schneller und schneller. Lydia leitete die geplante Aktion ein. Ein Lichtblitz, denken war jetzt unmöglich, Angst haben war unmöglich, beide umarmten sich. Als die Antriebsgondel der STAR MAR 8 explodierte, setzte sie eine enorme Kraft frei, gleichzeitig ging die Fluchtkapsel auf Lichtgeschwindigkeit.

„Captain Lydia Gohr an die Crew der STAR MAR 8. Meldet euch. Die STAR MAR 8 ist explodiert, Marshal Thor und ich sind gerettet. Bitte melden.", funkte Captain Lydia Gohr in den Raum. Keine Antwort. „Vielleicht ist unser L-Com beschädigt, lass' uns in Richtung Mars fliegen.", schlug Stan vor.

Die Zeit verging. „Ich bin übrigens schwanger.", freute sich Lydia. „Was? Ich werde Vater! Klasse!", freute sich Stan ebenso. Der Mars war in Sicht. „Was ist das denn? Der Mars ist unbewohnt. Wo sind unsere Städte? Wo ist mein Haus?". Stan war unangenehm überrascht. „Es kann sich nur um einen Zeitsprung handeln. So etwas ist noch nie geglückt. Aber was heißt geglückt. Jetzt sind wir mittendrin. Was erwartet uns? Etwa Dinosaurier?", analysierte Lydia. Sie flogen in Richtung Erde. „Ich analysiere in Europa eine hohe Bevölkerungsdichte. Mein Vorschlag ist es, wir landen geschützt im Gebiet der Rocky Mountains. Wir sind übrigens mitten im Wilden Westen. Hier können wir uns am besten eine neue

Identität aufbauen.", schlug Stan vor. „Gut, ich bin einverstanden. L-Com stelle ich auf SOS. Die Energie reicht für Jahrhunderte.", so Lydia. Die Fluchtkapsel näherte sich der Stratosphäre. Lydia fuhr die Flügel aus. Jetzt sah die Fluchtkapsel wie ein Fluggleiter aus. „Ich stelle auf Schubumkehr, halte dich gut fest, Stan." Lydia landete den Gleiter vorsichtig zwischen Felsen nahe Colorado Springs.

 Colorado Springs wurde gerade gegründet. „Ich erkenne Menschen in etwa 500 Meter Entfernung auf dem Monitor. Sie sind verletzt.", sagte Lydia. Lydia und Stan stiegen aus dem Gleiter und wollten zu den Verletzten, um ihnen zu helfen. Es war eine Familie, die auf dem Weg nach Colorado Springs war. Nur der Vater lebte noch. „Wo ist meine Frau? Wo meine beiden Kinder? Unser Erspartes, wo ist das?", stammelte er schwerverletzt. „Alles ist in Ordnung. Ruhen sie sich aus, wir versorgen sie und ihre Familie.", tröstete Lydia den Mann. Der Mann starb in ihren Armen. Alle wurden erschossen, das ersparte Geld war verschwunden. Ein Goldnugget fanden sie versteckt im Planwagen. Lydia und Stan zogen die Kleidung des Paares an. Stan nahm noch sein Krysilium mit, außerdem einige Bordwerkzeuge. Die Strahlenkanonen nahmen sie nicht mit, auch keine Kommunikatoren. Jetzt fuhren sie mit dem Planwagen nach Colorado Springs. Dort angekommen, verschafften sich Lydia und Stan zunächst einen Überblick. In der Bank gaben sie das Gold ab und tauschten es gegen Dollar ein. Danach wollten sie ins Hotel. „Suchen sie eine Bleibe für ihre beiden Pferde?", fragte ein Junge. „Für einen viertel Dollar sorge ich dafür, dass die Pferde Futter erhalten, striegele sie und der Planwagen wird gut untergestellt."

„Wer bist du denn?", fragte Stan. „Pedro, ich bin Pedro. Ich sorge für meine Familie.", antwortete der Junge. Stan gab ihm einen ganzen Dollar und sagte: „Mein Name ist Marshal Thor. Wo lebt deine Familie?" „Waas? Sie sind Marshal? Ein echter Marshal?",

staunte Pedro. „Ja, mein Junge, bin ich.", so Marshal Stan Thor,
„Und das ist meine Begleiterin, Captain… äh, nein, ach nenne sie
einfach Ms. Gohr." „Mr. Marshal, sie finden meine Familie, mich
und ihren Planwagen am Ende der Straße auf der rechten Seite.", so
Pedro und fuhr mit dem Planwagen los. Im Hotelzimmer überlegten
Lydia und Stan ihre weitere Vorgehensweise. „Sollte die Welt im
Jahr 2480 uns finden, sind wir gerettet. Wenn nicht, dann sitzen wir
im Jahr 1880 fest. Aber wir machen das Beste daraus, Lydia. Ich
besorge mir zunächst einmal einen Colt, für alle Fälle.", sagte Stan.
„Gut, bringe mir auch einen mit. Ich bestelle inzwischen etwas zu
Essen.", ergänzte Lydia. Stan besorgte eine gute Ausrüstung. „Na,
damit können sie ja Sitting Bull alleine besiegen.", lachte der
Verkäufer des Geschäftes, in dem es einfach alles gab. „Ja sicher, ich
hörte, dass der Wilde Westen ganz schön wild sei. Ich nehme noch
eine Tüte Lutscher.", sagte Stan Thor. Auf der Straße traf er Pedro,
der gerade verkünden wollte, dass er einen echten Marshal kennt.
„Pedro!", rief der Marshal, „Höre mir einmal zu. Verrate noch nicht,
dass ich Marshal bin. Ich habe einen Geheimauftrag, weißt du. Hier
habe ich Süßes für dich und deine Freunde." „Verstehe, Marshal. Ich
verrate nichts. Können sie denn auch meinem Vater helfen?", fragte
Pedro. „Später, mein Junge, später."

In Colorado Springs eröffneten immer mehr Saloons. Es floss viel
Alkohol, der ein oder andere Tote war zu beklagen. Viele Familien
zogen von Norden nach Süden, von Osten nach Westen, es war der
Goldrausch, der alle in seinen Bann zog. Glück und Unglück lagen
nahe beieinander. Der Sheriff der Stadt hatte viel zu viel zu tun. Die
Zeit verging. Lydia und Stan ließen sich in der Kirche trauen. In 4
Wochen erwarteten sie ihr erstes Kind. „Wird es ein Mädchen,
könnte es Selina heißen, wird es ein Junge, dann Korogan, den
Namen gibt es auf Mendrok.", sagte Stan begeistert. Lydia lachte
laut: „Stan, wir befinden uns im Jahr 1880 auf der Erde. Wir

müssen Namen aus diesem Jahrzehnt auswählen. Wie wäre es mit Joe oder Elizabeth?" „Ist in Ordnung. Hauptsache gesund.", so Stan. Es wurde dann doch ein Joe. „Das ist jetzt bestimmt Höhere Mathematik, Lydia.", sagte Vater Stan. Mutter Lydia darauf: „Verstehe ich jetzt nicht, Liebster." „Nun ja, es war eine schöne Nacht 2480. Jetzt, 1880, wurde unser Sohn geboren, dann ist er jetzt doch Minus 600 Jahre alt!", lachte Stan. Beide nahmen sich in den Arm und waren glücklich.

Lydia fand eine Anstellung im Kolonialwarengeschäft Smith & Co. Stan wurde Viehtreiber, ein echter Cowboy also. Es hatte alles sehr wenig mit den Showduellen im Entspannungsraum auf dem Mars zu tun. Und mit dem Sheriff aus Omaha, die Geschichten vom Opa, gab es auch nicht viel Ähnlichkeit. Es war als Cowboy ein harter Job. Abends sprachen die Eheleute dann über ihren erlebten Tag. „War Joe brav heute?", fragte Stan. „Sehr sogar. Wenn alle so brav sein würden. Du bist ja auf der Ranch. Aber hier in der Stadt wird es immer gefährlicher. Es entsteht ein richtiger Bandenkrieg.", mit ängstlicher Stimme sagte Lydia diese Worte. „Und der Sheriff? Kommt er noch zurecht?" „Nein, die Übermacht ist zu groß."

In der Freizeit arbeitete Stan auf dem Hof von Pedro an seinem speziellen Colt. Er baute eine größere Trommel ein. Jetzt hatte der Revolver neun Schuss. Für die letzten drei Patronen verwendete er Krysilium. Nur eine Winzigkeit sorgte für eine Explosion, ähnlich wie Dynamit. Die Trommel ließ sich leicht entnehmen, eine gefüllte Ersatztrommel hatte Stan immer in der Tasche. Aber er hatte noch mehr vor, aber alle Arbeiten kosteten sehr viel Zeit. „Mr. Marshal, darf ich dich etwas fragen?", so Pedro. „Natürlich, mein Junge. Was bedrückt dich?" „Mr. Marshal, es geht um meinen Vater. Er ist von einer Bande verschleppt worden. In einer Mine muss er arbeiten. Der Sheriff sagt, er wäre in Omaha. Aber dort sei er nicht zuständig.

Mr. Marshal, kannst du helfen?“ „Ich werde dir und deiner Familie helfen. Ihr habt mir und meiner Frau geholfen. Bei euch ist Joe geboren worden und ihr passt gut auf mein Kind auf. Ich verspreche, ich helfe dir.“

Abends besprach Stan alles mit seiner Frau Lydia. Lydia hatte schlechte Nachrichten. In zwei Tagen erscheint hier in Colorado Springs die Stanton-Bande. Der Sheriff mobilisiert gerade Helfer. Aber wer wird schon mit Revolverhelden fertig? „Lass‘ mich überlegen, Lydia. Bleibe du an dem Tag im Geschäft und lasse dich nicht auf der Straße sehen. Unser Joe ist bei Pedro gut aufgehoben. Schlafen wir jetzt.“, beruhigte Stan seine Frau.

Stan nahm sich für den besagten Tag frei. Er hatte so gute Arbeit geleistet, dass der Rancher Cliff Dorn ihm gern diesen Wunsch erfüllte. Morgens brachten Lydia und Stan ihren Sohn zu Pedro. Lydia ging normal zur Arbeit. Vor dem Laden stand eine Bank. Stan Thor setzte sich mit einer Zeitung darauf und beobachtete alles. Der Sheriff war sehr nervös. Er verteilte seine Helfer. Stan Thor erinnerte sich gern an seine Deputys. Wenn er jetzt die Truppe hätte… aber die war 600 Jahre entfernt. Plötzlich kam ein Reiter und rief: „Sie kommen! Bringt euch in Sicherheit! Sie kommen!“

Eine dramatische Situation entstand. Der Sheriff stellte sich wagemutig mitten auf die Straße. „Das ist ja Wahnsinn.“, dachte sich Marshal Stan Thor. Die Bande ritt in die Stadt ein. Angeführt von Bill Stanton. Fünfzehn Männer saßen bis an die Zähne bewaffnet auf ihren Pferden. Die Bewohner von Colorado Springs versteckten sich. Zwei Helfer des Sheriffs hatten die Hose voll und liefen einfach in die Kirche. „Wie ist die Lage, Stan?“, flüsterte Lydia durch die etwas geöffnete Ladentür. „Die Bande fühlt sich sehr sicher, sie haben sich nicht verteilt. Ich hoffe es sind nicht mehr. Ansonsten… Fünfzehn auf einen Streich.“

Immer näher kam die Bande. Mit ihren Revolvern und Gewehren zielten sie auf Fenster und Türen. Sie schossen nicht, aber verbreiteten so Angst und Schrecken. Jetzt ritten sie an Marshal Stan Thor vorbei. Mit der Zeitung verdeckte er seinen umgebauten Colt. Nun standen die fünfzehn Männer vor dem Sheriff. Marshal Thor war in ihrem Rücken. „Mach' dich aus dem Staub, Sheriff. Wir übernehmen die Stadt.", befahl Bill Stanton. „Ich verhafte euch im Nehmen des Gesetzes.", antwortete mutig der Sheriff. Die Männer positionierten sich nebeneinander vor dem Sheriff. Langsam erhob sich Marshal Stan Thor und suchte Schutz vor einem Pfosten. Lässig lehnte er sich daran, aber mit der Hand am Colt. „Ihr habt gehört, der Sheriff hat euch etwas gesagt. Ich sage hiermit, legt die Waffen nieder." Drei Männer drehten ihr Pferd in Richtung Marshal. „Wer sagt das?" „Mein Name ist Marshal Stan Thor und nun runter mit den Waffen."

Die Männer zogen ihre Revolver. Stan Thor war klar schneller. Noch drei Schuss waren offiziell in der Trommel. Bill Stanton schoss auf den Sheriff. Am Boden liegend erschoss dieser zwei Männer. Dann traf ihn eine weitere Kugel. Jetzt drehten sich zehn Männer zu Marshal Stan Thor. „Was war noch, Großmaul? Was willst du mit deinen drei Kugeln ausrichten?", so Stanton. „Ich warne euch ein letztes Mal, Waffen fallen lassen.", so der Marhal. „Macht ihn fertig!", schrie Stanton. Noch ehe die Bande ihre Kanonen ziehen konnten, erschoss der Marshal mit den drei Kugeln Bill Stanton, danach schoss er mit den Krysilium-Patronen in die Mitte der Bande. Die heftigen Explosionen warfen die Männer von den Pferden. „Nun noch einmal, ich verhafte euch im Namen des Gesetzes.", sagte der Marshal mit ruhiger Stimme, dabei setzte er die nächste gefüllte Trommel ein. Jetzt kamen die Helfer des Sheriffs aus ihren Verstecken und brachten die Überlebenden ins Gefängnis.

Der Sheriff wurde verarztet. Noch lange Zeit erzählten sich die Bürger von Colorado Springs dieses Duell. „Ich bleibe solange mit meiner Familie in der Stadt, bis sie gesund sind, Sheriff.", sagte der Marshal. „Einen Mann wie sie könnten wir hier gut gebrauchen. Ich danke ihnen im Namen der Stadt Colorado Springs. Ich verdanke ihnen mein Leben, Marshal.", so der Sheriff. „Leider muss ich ablehnen. Ich habe einem kleinen Jungen etwas versprochen. In der nächsten Woche geht es nach Omaha."

Der Tag des Abschiedes aus Colorado Springs nahte. Familie Thor wurde mit großem Beifall verabschiedet. Stets überdeckte Marshal Stan Thor das Wort STAR auf seinem Marshal-Abzeichen. Im 25. Jahrhundert trugen die Marshals das Abzeichen, da sie sich mit den US-Marshals im 19. Jahrhundert verbunden fühlten. Um eine neue Identität aufzubauen, ließen sich Lydia und Stan ihre Dienste in Colorado Springs schriftlich bestätigen. Später nannte man dies dann Arbeitszeugnis. Jetzt waren beide echte Amerikaner aus dem 19. Jahrhundert. „Ich werde nach Omaha telegrafieren, dass ich sie als Sheriff empfehle, Mr. Thor. Das ist das Mindeste was ich tun kann, um ihnen das Leben dort zu vereinfachen.", versprach der Sheriff von Colorado Springs.

Der Weg nach Omaha war lang und beschwerlich. Über 600 Meilen waren zurückzulegen. Der alte Planwagen musste oft von Stan repariert werden. Es war heiß. Die Sonne war mörderisch. Langsam gingen die Essens-Vorräte zu Ende. Wasser hatten sie genug, denn die Bewohner in Colorado Springs empfahlen die Route am Platte River entlang. Die Stadt Lexington war das nächste Ziel, um alle Vorräte aufzufüllen. In Lexington erwarb Stan zwei Reitpferde und alles was nötig war, um den Rest der Reise zu überstehen. Nach zwei Tagen ging es weiter in Richtung Omaha.

Die Fahrt wurde jetzt abwechslungsreicher. Hin und wieder sah man nun Eisenbahnarbeiter. Der kleine Joe verfolgte alles sehr aufmerksam. Kurz vor Lincoln sahen Lydia und Stan Rauchwolken am Horizont. „Ich reite voraus und sehe mir das einmal an. Nimm das Gewehr.", sagte Stan etwas besorgt zu seiner Frau. Er selbst nahm den umgebauten Colt mit. Vor der Reise konnte Stan noch die letzte Stufe seiner Umbauaktion erledigen. Stan ritt los. Von weitem konnte er erkennen, dass Männer auf Pferden fünf Planwagen angriffen. Waren es Indianer? Stan kam näher. Es schien eine Bande zu sein. Mit Halstüchern verdeckten sie ihr Gesicht. Bis auf 1500 Meter näherte sich Stan an. Jetzt konnte er genau erkennen, dass Frauen und Kinder in den Planwagen waren. Die Väter verteidigten sich tapfer, waren aber chancenlos. Sie waren mit der Bande völlig überfordert. Stan suchte sich eine leichte Anhöhe. Jetzt schraubte er Laufverlängerungen an seinen umgebauten Colt. Er wechselte die Trommel aus, befestigte ein Zielfernrohr und legte die Spezialmunition mit Kysilium ein. Die 1500 Meter waren locker zu schaffen. Er zielte auf die Bande. Natürlich sollten die Frauen, Männer und Kinder nicht verletzt werden. Stan schoss. Das Geschoss heulte durch die Luft. Es erinnerte Stan fast an ein startendes Raumschiff. Eine Explosion zwischen den Angreifern. Sie irrten herum. Stan schoss wieder. Eine Kugel legte er noch nach. Wieder Explosionen. Die überlebenden Angreifer suchten das Weite. Mittlerweile war Lydia mit dem Planwagen angekommen. Sie fuhren nun zu den Familien.

Die Kinder liefen Lydia und Stan schon laut rufend entgegen: „Sie haben uns gerettet, sie haben uns gerettet! Dankeschön!" Abends am Lagerfeuer erzählten alle Geschichten aus dem Leben. Für Lydia und Stan waren diese Geschichten sehr interessant, denn sie mussten sich schließlich eine Vergangenheit aufbauen. Die Gruppe kam aus Irland und wollte sich als Farmer in Amerika niederlassen.

Zunächst dachten sie an das Gold. Aber als Goldgräber war es mit Kindern viel zu gefährlich. Alle zogen von Dublin aus in den Westen. „In Dublin wohnen meine Eltern.“, sagte Lydia. „Ach, wie klein die Welt ist. Wo denn da?“, fragte Jane McReed. „Nahe des Flughafens, äh, ich meine des Hafens.“, verbesserte sich Lydia. „Ja, der Hafen zur Irischen See ist wunderbar. Wir haben ihn oft besucht.“, so Jane.

Nun hatten Lydia und Stan ihre Lebensgeschichte. Zufrieden legten sich alle um das Lagerfeuer zum Schlafen.

Nach der Verabschiedung am frühen Morgen zogen die Farmer nach Westen und Lydia und Stan weiter nach Osten. In Omaha, nach langen 600 Meilen, wurden sie vom Hilfssheriff Cliff Northon freudig empfangen. „Ich habe für sie ein Hotelzimmer gebucht. Robert kümmert sich um ihr Gepäck und den Planwagen. Ruhen sie sich erst einmal gut aus.“

Am nächsten Tag ging Stan ins SHERIFF'S OFFICE und erklärte sein Anliegen. „Deputy, wir wurden auf dem Weg hierher überfallen. Irische Farmer, die nun auf dem Weg nach Westen sind, können dies bestätigen. Unsere Ausweispapiere sind verbrannt. Lediglich die Arbeitspapiere für mich und meine Frau habe ich noch.“ „Das ist kein Problem. Ihr Ruf eilte von Colorado Springs voraus. Ich werde alles Nötige veranlassen. Aber auch die Stadt Omaha hat ein Anliegen. Unser Sheriff ist vor 6 Tagen erschossen worden. Am Sterbebett gab er mir dieses Telegramm von seinem Freund in Colorado Springs. Sie haben dort die Stadt gerettet und das Leben vieler Bewohner. Ich möchte sie zum Sheriff von Omaha vereidigen.“, so der Hilfssheriff Cliff Northon. „Ich nehme den Posten gerne an.“, sagte Stan Thor.

Lydia und Stan richteten sich in einem kleinen Haus am Rande der Stadt gemütlich ein. Es hätte auch noch ein größeres Haus gegeben, aber der große Stall war dann doch ausschlaggebend. Hier konnte Stan seine Arbeiten an den Feuerwaffen fortsetzen. Und gerade damit begann er sofort, während seine Frau das Haus einrichtete. Herrliche Stoffe für Vorhänge, ein wunderschönes rotes Sofa, ein Teeservice aus Germany und viele Dinge mehr, die Lust auf einen gemütlichen Feierabend machen sollten. Die Kinder aus der Nachbarschaft brachten dem kleinen Joe Spielzeug aus Holz. Lydia fand eine Anstellung als Lehrerin. Nun hatte sie keine Raumschiffcrew unter sich, sondern eine Bande lieber Kinder. Es war natürlich eine Umstellung, von Galaxien, dem Universum oder gar dem Omnium, auf die Grundrechenarten umzusteigen. Manchmal war es für Stan und Lydia auch schwer, ihr Wissen für sich zu behalten.

„Guten Morgen, Cliff. Ist ein herrlicher Tag heute.“, sagte Sheriff Stan Thor. „Ja, wunderbar. Haben sie sich gut eingerichtet, Sheriff?“ „Wir sind sehr zufrieden. Es sind so viele nette Menschen in ihrer, sorry, unserer Stadt.“ „Stimmt. Unser ehemaliger Sheriff hatte alles gut im Griff. Wir haben nur Probleme mit den Besitzern der Erzmine im Norden.“ „Hat der Tot des Sheriffs damit zu tun?“ „Korrekt. Und ich würde denen gern das Handwerk legen.“ „Sagt ihnen der Name Pedro Morgeno etwas?“, fragte der Sheriff. „Ja, der Sheriff in Colorado Springs sendete einmal ein Telegramm. Mehrere Mexikaner wurden verschleppt. In der Mine arbeiten viele Mexikaner. Die Besitzer, die Brüder Dennon, haben eine Festung aus der Mine gemacht. Niemand kommt rein, niemand raus. Sie selbst kommen samstags zum Bier in die Stadt und nehmen Proviant mit.“ „Und was geschah mit dem Sheriff.“ „Es gibt angeblich keine Zeugen, denn die Brüder Dennon zwangen alle Besucher des Saloons sich umzudrehen. Angeblich sollte es ein faires Duell gewesen sein. Aber der alte Hardy sagte, der Sheriff wurde von zwei Mann festgehalten.“ „Wo finde ich diesen Mr. Hardy?“, fragte der

Sheriff nach. „Erschossen. Zwei Tage nach der Aussage fand ich ihn hinter dem Pferdestall." „Morgen reite ich zu der Mine, werde die Lage einmal prüfen." „Soll ich sie begleiten?" „Nein, in der Stadt muss ein Gesetzesvertreter bleiben." „Aber Pete könnte sie begleiten. Er kennt den Weg." „Okay, damit bin ich einverstanden."

Am nächsten Morgen starteten Sheriff Stan Thor und Pete zur Mine. „Dort sind die ersten Wachposten Sheriff. Wir reiten um die Felsen herum, dann können sie den Eingang der Mine sehen.", erklärte Pete. Mit seinem Fernrohr sah der Sheriff, dass die Arbeiter ausgepeitscht wurden. Ein Mexikaner lief davon. Er wurde von einem Aufseher ohne zu zögern erschossen. Pete sagte: „ Das war Mike Dennon, er trägt ein rotes Halstuch. So ein Schwein. Aber alle sind sie Schweine." Pete war verbittert.

Am Abend beratschlagten Cliff Northon und Stan Thor die Lage. „Wir müssen einen Marshal und das Gericht einschalten.", sagte Stan. „Ich dachte, sie sind auch Marshal. So schrieb es doch der Sheriff in Colorado Springs." „Ach, das ist eine andere Geschichte, darüber reden wir später. Morgen ist Samstag. Ich nehme mir die Dennon's morgen zur Brust."

Lydia hatte ein herrliches Abendessen vorbereitet. „Was macht unser Sohn?", fragte Stan. „Er wächst und gedeiht, Liebling. Mit seinem Holzrevolver spielte er heute mit den Kindern im Hof. Soll er später auch einmal Marshal werden? Was meinst Du?" „Politiker wäre mir lieber. Wir kennen doch die Weltgeschichte." Nach dem Essen ging Stan noch in den Stall, den er sich zu einem Arbeitsraum eingerichtet hatte. Es wurde spät. „Schläfst du Schatz?" „Ich habe noch auf dich gewartet. Die Rechenarbeiten habe ich schon korrigiert. Was hast du gearbeitet?" „Ich habe den Colt weiter verbessert. Schlafe gut, mein Darling."

Der Samstag begann ruhig. Gegen 16 Uhr trafen die Dennon's in der Stadt ein. Nach dem Einkauf gingen Big Dennon, Jack Dennon und Mike Dennon in den Saloon. Sheriff Northon trat ein: „Mein Name ist Stan Thor, ich bin Sherif in dieser Stadt. Um mir einen Überblick zu verschaffen werde ich sie Montag besuchen." „Was sagt die Kakerlake?", murmelte Big Dennon. „Die Kakerlake will zum Tee kommen, Big Dad.", provozierte Mike Dennon. „Ach ja, Mike Dennon?" „Was willst du, Kakerlake?" „Ich nehme sie wegen Mordes im Namen des Gesetzes fest." Mike Dennon griff zum Revolver. Der Sheriff war schneller. „Drücken sie ab, sind sie eine Leiche.", sagte der Sheriff. In diesem Augenblick kam der Hilfssheriff mit einer Winchester in den Saloon und hielt die anderen Dennon's in Schach. Jack und Big Dennon verließen die Stadt mit der Androhung: „Ich hole meinen Jungen hier raus. Und dich, Kakerlake, vernichte ich mit einem Kugelhagel!"

Mike Dennon wurde eingesperrt. „Ich telegrafiere Richter Smith in Kansas City, aber das wird 30 Tage dauern, bis er hier ist.", sagte Cliff Northon. „Nun, ich bleibe dabei, Montag erledige ich die Bande. Es dürfen nicht noch mehr Menschen in der Mine sterben." „Sheriff, muten sie sich nicht zu viel zu, man lebt nur einmal. Aber bei dieser Brutalität ist es fraglich, ob es noch Menschen im Jahr 2100 gibt." „Mann, wenn sie wüssten.", murmelte Stan Thor.

Sheriff Stan Thor machte sich am Montag um 9 Uhr auf den Weg zur Mine. Der Sheriff wollte die Sonne im Rücken haben. Er beobachtete wie Big Dennon, Vater von Jack, Norman, Robert und Mike, die Wachen verteilte. Drei Mann patrouillierten um den hohen Zaun herum. Der Sheriff wartete ab, die drei Männer ritten auf den Eingang zu. Die Sonne stand gut. Das Mündungsfeuer des umgebauten Colts konnten sie bestimmt nicht erkennen. Ein gezielter 1000-Meter-Schuss und die drei Reiter starben an der

Explosion. Das gut gesicherte Eingangstor brach zusammen. Die Dennon's und ihre Revolverhelden rannten aus dem Haus, schossen wild um sich und suchten Schutz. Der Sheriff ortete jeden von ihnen. Er schoss auf die Pferdetränke… eine gewaltige Explosion durch das Krysilium töte den Revolvermann. Der nächste 1000-Meter-Schuss traf das Haupthaus, es ging in Flammen auf. Die Sache lief gut. Plötzlich bemerkte der Sheriff, dass hinter seinem Rücken eine Handvoll Männer auf ihn zugeritten kamen. Der Sheriff ritt um den Hügel herum, um zurück in die Stadt zu kommen. Dort angekommen sah er die aufgeregten Bürger. Mike Dennon überrumpelte den Hilfssheriff und bot den Revolverhelden Ross und Clark 500 Dollar für die Ermordung von Sheriff Thor. Clark brachte noch seine fünf Freunde mit. „Sheriff, ich habe einen Fehler gemacht. Jetzt wird die Bande unsere Stadt in Schutt und Asche legen.", wimmerte Cliff Northon.

Alles beruhigte sich wieder, denn Sheriff Thor sagte mit seiner beruhigenden Stimme: „Alles wird gut, Leute. Ich nehme den Kampf auf. Wie in Colorado Springs benötige ich den schnellsten Reiter unter euch. Er muss frühzeitig ankündigen, wann die Bande von der Mine aus losschlagen will." Stan ließ seinen alten Planwagen aus dem Stall holen. „Ist der schwer zu schieben… Sheriff… was haben sie hier verbaut?", rief Pete und quälte sich mit vier weiteren Männern. Den Wagen ließ der Sheriff vor das Office schieben. Man sah wohl, dass die Holzräder durch Stahlräder ausgetauscht wurden. Aber der Rest schien Holz zu sein. Er war nun höher als sonst, das sah man aber nicht, da das bogenförmige Planwagendach viel verdeckte. Die Bürger sollten in ihren Häusern bleiben. Lydia und Joe versteckten sich im Office. „Sie kommen! Sie kommen!", rief der Beobachtungsposten. Jetzt war die Stadt totenstill. Aus zwei Richtungen griffen die Revolverhelden an. Sie sahen den Planwagen und den Sheriff darin, sofort schossen sie aus allen Rohren. Das

Planwagendach wurde weggeschossen. Der Wagen wurde durchlöchert. „Wir haben ihn! Legt die Stadt in Schutt und Asche!“, schrie Big Dennon. Wie aus dem Nichts stand plötzlich der Sheriff im Planwagen und schoss im Zehntelsekundentakt auf alles was sich bewegte. Auf seinem Colt war ein langer Schacht angebracht, in dem 100 Schuss Munition waren. Die Revolverhelden waren irritiert und schossen entweder weiter oder suchten Schutz im Saloon. Der Sheriff setzte das nächste Magazin auf. Nun war die Munition mit Krysilium bestückt. 100 Schuss… unendliche Explosionen… es gab um den Planwagen herum nur noch Tote. Das Magazin war leergeschossen. Jetzt setzte Stan Thor die umgebaute Trommel mit 9 Schuss wieder in den Colt ein. Langsam ging er zum Saloon. Robert Dennon war noch nicht erledigt. Von einer Kugel getroffen stand er auf, versteckte sich hinter dem Planwagen und zielte auf den Sheriff. „Kakerlake, du bist jetzt dran!“ Der Sheriff war in der Falle, er stand zwischen Planwagen und Saloon. Ein Schuss fiel. Robert Dennon brach zusammen. Lydia zielte genau. Als Captain der STAR MAR 8 war sie geschult. „Und jetzt mache sie fertig, Sheriff!“, rief sie ihrem Mann zu. Vier Mann standen vor dem Saloon und waren geschockt. Sie zogen ihre Kanonen und schossen auf den Sheriff. Die Kugeln landeten im Sand, der Sheriff war noch zu weit entfernt. Die Männer luden nach. „Ihr seid verhaftet, legt die Waffen nieder!“, rief der Sheriff. Die Männer schossen weiter. Stan Thor zog den Colt. Drei Kugeln aus Krysilium schossen pfeifend durch die Luft. Explosionen… Tote.

Revolverheld Frank Ross und Mike Dennon waren noch im Saloon. „Weitere 1000 Dollar wenn wir das Schwein erledigen.“, bot Mike an. „Okay!“, antwortete Frank Ross. Der Sheriff kam durch die Pendeltüren. Die Männer standen sich gegenüber. Der Sheriff hatte nun noch sechs normale Patronen. Es wurde nun ein echtes Duell. Ein Duell, wie es Stan Thor unendliche Male gegen Billy the Kid erlebt hatte, im Erlebnisraum auf dem Mars. Aber da war der Revolverheld virtuell. "Zieh!", schrie Mike Dennon. Der Sheriff achtete nur auf die Augen der Gegner. Er hörte nichts und sah nichts anderes. Dann das Zucken bei Frank Ross. Der zog den Revolver. Blitzschnell zog der Sheriff, mit dem Daumen spannte er den Hahn, der Zeigefinger reagierte sofort. Zwei Schuss! Die eine Kugel traf Frank Ross. Ross' Kugel traf nur die Pendeltür. Mike Dennon zog auch die Waffe. Wieder war der Sheriff schneller.

Die Stadt feierte den Erfolg. „Sheriff, was war denn nun mit ihrem Planwagen los, warum war der so schwer?", fragte Pete. „Ich habe Stahlplatten von den Eisenbahnen eingebaut.", antwortete der Sheriff. „Hey, unser Sheriff hat eine eigene Eisenbahn!", lachte Pete. „So, jetzt will ich noch los zur Mine. Ich habe dem kleinen Pedro ja etwas versprochen.", rief der Sheriff in die Runde. Der Sheriff nahm ein Bild von sich, mit seiner Frau und Joe, mit zur Mine. An der Mine angekommen fand er noch etwa eine Handvoll Mexikaner vor. „Ist Mr. Morgeno unter ihnen?", fragte der Sheriff. „Ich bin Jose Morgeno.", sagte ein Mann. „Dein Sohn hat mich geschickt. Hier sind 100 Dollar. Zeige ihm dieses Bild und grüße deinen Sohn von seinem Mr. Marshal."

Abends fielen sich Lydia und Stan in die Arme. „Was macht unser Sohn?", fragte Stan. „Er wächst und gedeiht.", lachte Lydia. „Ich erinnere mich gern an meinen Großvater. Er erzählte mir immer wieder von einem unserer Vorfahren. Ein Sheriff mit Namen Stan Thor. Er soll um das Jahr 1880 gelebt haben. Ich hielt das immer für eine spannende und erfundene Geschichte von ihm. Ist das nicht unglaublich?", sagte Stan. „Na, bei dem was wir beide so alles erlebt haben, wundert mich nichts mehr. Schlafe gut, mein Darling."

Viele, viele Jahre war Stan Thor noch Sheriff in Omaha. Jede Menge Abenteuer hatte er noch zu überstehen, denn der Wilde Westen war wild und unberechenbar, genauso wie das Universum. Lydia wurde Schulleiterin. Ihr Sohn Joe wurde in New York Richter. Bei Ausgrabungen im Jahr 1978 fand man nördlich von Omaha den Spezial-Colt und eigenartige, nicht von dieser Erde stammende Patronen, die hochexplosiv waren. Das unterlag der höchsten Geheimhaltung. 2016 fand eine Pfadfindergruppe im Gebirge westlich von Colorado Springs den Fluggleiter des Polizei-Raumschiffs STAR MAR 8. Das Notsignal SOS war immer noch aktiv. Fragen über Fragen…

Der Sichel-Mörder

Es war das Jahr 1896 in London …

Unheimliche Nebelschwaden legten sich über die Stadt. Es trieben sich unzählige zwielichtige Gestalten in der Stadt herum. Elektrische Laternenbeleuchtung gab es noch nicht. Straßen, und sogar kleinere Nebenstraßen, waren mit dickem Kopfsteinpflaster überzogen. Schritte im Dunkeln konnte man sehr deutlich hören. Bei diesem dicken Nebel war es gruselig in der Nacht.

An einem Freitagabend gegen 21 Uhr, es war wie gesagt kalt und neblig, hielt eine Kutsche genau vor dem Pub von Andree Stone. Ein hagerer Mensch, ganz in Schwarz gekleidet, stieg aus dem Pferdewagen. Er bewegte sich langsam, es war unheimlich anzusehen.

Andree Stone, der Wirt, war ein biederer, alter Mann, der die letzten Jahre in seiner beliebten Bierstube verbringen wollte. So konnte er sich noch ein paar Pfund Sterling verdienen, um die Unkosten des Pubs begleichen zu können. Er rechnete nicht damit, dass um diese Zeit noch ein Gast kam. Heftig pochte dieser an die Scheibe des kleinen Fensters. Wortlos öffnete der Wirt die Tür und deutete mit einer Handbewegung an, dass eingetreten werden kann. Auch dieser suspekt wirkende Herr sprach nicht.

Die schwarze Kleidung und der schwarze Hut, der weit ins Gesicht hing, machte Andree Stone Angst. Außerdem trug der Herr einen schwarzen Koffer mit sich, den er fest in seiner linken Hand hielt. Um Mitternacht war der Pub immer noch durch die zahlreichen Gaslaternen hell beleuchtet. Irgendwann muss der in Schwarz gekleidete Herr den Pub wieder verlassen haben. Niemand hat ihn gesehen und niemand weiß, was sich im Pub abgespielt hat.

Gegen Morgen des folgenden Tages brachte der Zeitungsbote die Daily Mail in den Pub. Der Bote klopfte wie immer an die Tür. Stone rief aber nicht „komm' herein in die gute Stube". Vorsichtig öffnete der Bote die Tür zum Pub. „Herr Stone! Ihre Daily Mail ist hier!", rief er. An der Theke angekommen bemerkte er, dass er in irgendetwas Glitschiges getreten hatte. Der Bote blickte auf den Boden und erschrak. Andree Stone lag in seinem Blut. Der Kopf, Arme und Beine lagen abgetrennt neben dem Torso. Das Blut war komplett aus seinem Körper gelaufen und bildete eine entsprechend große Blutlache.

Von der Polizeiwache, 26 Old Jewry, kam der Beamte Jack Harris in den Pub. Jack Harris drehte sich mit einem verzerrten Gesicht um, als er den Toten sah. Sein Mageninhalt drohte sich selbstständig zu machen. So etwas Grausames hatte er in seiner gesamten Laufzeit als Kripobeamter nicht gesehen.

In einer exakt gerade geschnittenen Linie wurden dem Pub-Besitzer der Kopf und die übrigen Gliedmaßen abgetrennt.

In den darauf folgenden Monaten wurden noch viele Morde gemeldet, die diesem Mord gleich kamen. Immer wieder fanden Kommissar Harris und seine Kollegen zerstückelte Leichen. Es gab aber kein Muster. Niemand wusste, wer das nächste Opfer werden würde. Es traf sogar den armen Daily Mail-Boten. In einer Nebengasse suchte sich sein Blut in den Fugen des Kopfsteinpflasters einen Weg zum Abwasserkanal.
Eine Prostituierte ist diesem unheimlichen Mörder ebenfalls zum Opfer gefallen. Ihr nächster Freier bekam einen Nervenzusammenbruch, als er Arme und Beine in der Wohnung verteilt liegen sah. Das Bett der Prostituierten war Blutrot gefärbt … die Matratze völlig durchnässt. Und in einem Fall wurde der Mord entdeckt, weil durch den Holzboden Blut in die darunterliegende

Wohnung tropfte. Der getötete war ein Apotheker. Wie gesagt, es ließ sich kein Zusammenhang herstellen.

Kommissar Harris setzte sich mit seinen Kollegen an einen Tisch. Die Ratlosigkeit in ihren Gesichtern sprach Bände.
Der Täter hinterließ in keinem der Mordfälle eine Signatur. Lediglich ahnten sie, dass es sich bei der Mordwaffe um etwas Größeres als um ein Messer handeln musste. Arme und Beine mussten mit einem Hieb abgetrennt worden sein, so sauber war der Schnitt. Man einigte sich auf die Akte „Sichel-Mörder". Irgendwann legte man diese Mordfälle vorläufig zu den Akten. Vergessen wurden sie natürlich nicht.

London 1991 ...

Eine Sichel war es in der Tat. Die Sichel war goldfarben und hatte einen blutroten Griff. Steven Miller bekam sie von seinem verstorbenen Großvater geschenkt. Er brachte die Sichel aus Boston, USA, mit nach Großbritannien. Damals sagte er zu ihm: „Mein Junge, diese Sichel ist etwas Besonderes. Wenn du sie sorgfältig behandelst, wird sie dir Glück bringen. Solltest du sie aber vergessen und nicht mehr wissen, dass sie in deinem Besitz ist, wirst du das Unheil kennenlernen. Deine Seele verändert sich und du bist nicht mehr der, der du mal warst." Steven konnte nicht glauben, was der Großvater da von sich gab. Die Sichel war aber so faszinierend schön, dass gleichzeitig etwas Magisches, aber auch etwas Grausames von ihr ausging. In einem mit rotem Samt ausgelegenen Koffer überreichte der Großvater Steven die Sichel. Tatsächlich vergaß der junge Mann im Laufe der Zeit, dass er sie besaß.

Doch eines Tages erinnerte er sich wieder an die Sichel. Er begab sich auf den Speicher seines Hauses und dachte an seinen Großvater.

Er erinnerte sich wieder an die Worte seines Großvaters. Vorsichtig nahm er sie aus dem Koffer und versuchte den alten Glanz wieder herzustellen, den die Sichel einst besaß. Doch es ging nicht mehr. Sie blieb stumpf und rostig. Doch noch etwas anderes fiel Steven auf. Er merkte, dass mit ihm etwas geschah. In seinem Körper ging etwas vor sich, dass ihm gar nicht gefiel. Einige Minuten später befand er sich plötzlich nicht mehr in seiner modernen Londoner Wohnung im Jahr 1995, sondern im 19. Jahrhundert.

Jetzt lebte er in einer ärmlich eingerichteten Stube, die sich über einem Krämerladen befand. Sein verschlissener, schwarzer Mantel hing ordentlich an der Zimmertür. Steven war immer wieder von oben bis unten mit Blut beschmiert, doch er schlief tief und fest. Als er erwachte, wurde ihm klar, dass er sich wieder in den Fängen dieser grausamen Sichel befand. Es wurde ihm übel, auch sein schwaches Herz machte nicht mehr lange mit. Was hatte er nur jetzt wieder getan? Jedes Bemühen, sich aus diesem Horrortraum zu befreien schlug fehl. Der junge Mann konnte nicht wieder gut machen, was er getan hatte. Seine moderne Londoner Wohnung ließ ihn zeitweise auf andere Gedanken kommen. Der Koffer mit der Sichel stand im Flur. Immer deutlicher wurde ihm klar, dass er sich in den Armen eines Dämons befand.

Ein Entkommen war nicht möglich. Das war doch nicht er, der da mordete … nein, das war er wirklich nicht. Es war die Sichel … war es der Geist der Sichel? Kaum das sich Steven etwas von seiner letzten   Tat erholen konnte, fing alles wieder von vorne an. Innerhalb weniger Sekunden befand er sich immer wieder im nebeligen London des 19. Jahrhunderts wieder. Er trug diesen langen, schwarzen Mantel. Die Krempe seines Hutes verdeckte sein komplettes Gesicht. Wie von Geisterhand gesteuert, öffnete er die Tür seines Zimmers und ging leise die Treppe hinunter. Seine

Vermieterin sollte nichts merken. Er verschonte sie sogar. Wieder mordete er in vielen unheimlichen Nächten. Er zerstückelte seine Opfer immer wieder. Niemals hinterließ er eine Signatur.

Im Jahr 1896 ...

In einer Nacht aber streikte sein krankes Herz. Man fand Steven Miller tot neben seinem Opfer liegen. Kommissar Jack Harris fand die Toten. Die ungelösten Mordfälle hatten sich nun endlich von alleine gelöst. Vorsichtig wurde die Horrorsichel verpackt und dem hiesigen Metropolitan Police Crime Museum übergeben. Hin und wieder wurde die Sichel auch in anderen Museen ausgestellt.

 Jedoch wusste niemand, welche dämonischen Kräfte in dieser Sichel steckten.

Eine andere Zeit – der gleiche Horror …

New Scotland Yard - Metropolitan Police Crime Museum – 1967

Ein Umzug in größere Räume stand an. Das sogenannte Schwarze Museum beinhaltete viele Mordinstrumente, die von jedem Polizisten angesehen werden konnte. Verantwortlich für den Umzug war Polizist   Jack Gordon. Als er die Sichel mit dem blutroten Griff nehmen wollte, löste diese sich aus der Verankerung und durchtrennte den Daumen von der Hand Gordons. Dieser Augenblick reichte aus, dass die Sichel das Böse zu Gordon übertrug. Er schrie nicht vor Schmerzen. Jack Gordon nahm die Sichel mit der anderen Hand und legte sie in seinen Aktenkoffer. Der Daumen verblieb im Glaskasten. Mit einem Taschentuch stillte er die Blutung. Er verlor sehr viel Blut. Mit letzter Kraft warf er den Aktenkoffer am Themse Weg in den Fluss. Er schaffte es noch bis in die Kirche „St. Edmund Church“. Danach brach der Polizist zusammen und starb. Untersuchungen des Blutes im Daumen und im Körper ergaben, dass das Blut schwarz war und ohne Sauerstoff.

Boston, Massachusetts, 1981

Linda Evans spielte am Strand in der Nähe des Yacht Clubs in Boston. Ihre Eltern Ben und Liv Evans verhandelten gerade mit dem Besitzer des Yacht Clubs über einen Wochenendausflug mit einer Motoryacht. Das Geschäft wurde besiegelt. „Linda! Kommst du bitte! Wir wollen fahren!“, rief Vater Ben. „Dad, schau einmal, was ich gefunden habe!“, rief Linda. Ben und Liv staunten nicht schlecht, denn ihre Tochter fand einen verschlossenen Aktenkoffer. „Na, wenn das das große Los ist, dann brauchen wir die Yacht nicht zu mieten, dann kaufen wir sie gleich.“, flachste Ben. „Glaubst du wirklich, da sind Dollar im Koffer?“, fragte Liv. „Ich weiß es nicht. Wir nehmen den Koffer erst einmal mit. Er muss zuerst trocknen.“, antwortete

Ben. Fröhlich fuhr die Familie zuerst zu McDonalds, dann ging es nach Hause. Sie wohnten in Westminster, Massachusetts. Das Haus lag mitten im Wald. Liv liebte ihren Kräutergarten … Ben seinen alten Mustang, an dem er jede freie Minute arbeitete. „Was war eigentlich im Aktenkoffer?", fragte Liv ihren Ehemann. „Oh, gut, dass du fragst. Ich weiß es nicht. Wir schauen zusammen hinein."

Der Aktenkoffer lag nun bereits eine Woche im Auto. Sie brachen das Schloss auf und fanden eine stark verrostete Sichel. „Na, das war wohl nichts mit der Million Dollar.", sagte Ben ganz enttäuscht. „Macht nichts. Ich kann die Sichel gut für meinen Kräutergarten gebrauchen. Restaurierst du sie mir?" „Eine neue Sichel wäre günstiger." „Ach nein, dieser Fund erinnert mich immer an den herrlichen Ausflug."

Ben legte die Sichel in das Gartenhaus. Hier waren Werkzeuge und Ersatzteile für den Mustang gelagert. Wochen später wollte Ben die Sichel auf Hochglanz bringen. Irgendwie gelang es ihm aber nicht. Kaum glänzte sie, war sie am nächsten Tag wieder matt. Wütend warf er sie in die Ecke. Die Sichel prallte von der Wand ab und traf Liv am Oberschenkel. Liv wollte ihren Ehemann mit einer Limo überraschen. Ben zog die Sichel aus dem Bein und verband die Wunde notdürftig. Sofort fuhr die Familie ins Heywood Hospital. Liv wurde behandelt. Erleichtert kehrten sie im Westminster Cafe ein.

Tage Später nahm Liv den Verband ab. Sie und ihr Ehemann erschraken, denn um die Verletzung herum verfärbte sich die Haut schwarz. Ben rannte wütend zum Gartenhaus. Er nahm die Sichel und schlug mit einem Hammer auf sie. … Wieder fuhren sie ins Hospital. Liv musste nun stationär behandelt werden. Ben und seine Tochter fuhren zurück. Erschöpft legte sich Ben in die Hängematte auf die Terrasse. Linda spielte im Garten. Sie kam dem Gartenhaus immer näher. Nun waren es wenige Meter bis zur Tür. „Ich spiele jetzt verstecken mit meiner Puppe!", rief sie. Vater Ben war eingeschlafen. „Suche mich doch! Wo bin ich?" Linda versteckte sich im Gartenhaus.

Es blitze eine funkelnde Sichel auf. „Oh, die ist aber schön. Dad hat sie bestimmt für Mum poliert. Ich bringe sie ihm." Linda rannte mit der Sichel zu ihrem schlafenden Vater. Auf den Stufen kam sie ins Straucheln. Mit voller Wucht traf die Sichel ihren Dad mitten ins Herz. Er war sofort tot. Linda stürzte gegen einen Holzbalken, ihr Genick war gebrochen. Sie starb nur Minuten später. Ben blutete stark. Das Blut tropfte auf die Terrasse. Es verfärbte sich alles schwarz. Im Hospital kämpften die Ärzte mit einer Blutvergiftung bei Liv. Sie verloren den Kampf, Liv starb. … … …

Die Erben boten das Haus zum Kauf an. Zwei Brüder, Jack und Bill Miller, kauften das Haus. Bills Ehe war gescheitert. Seine Ex-Frau nahm sich vor Jahren das Leben. Als sie in das Manhattan Psychiatric Center eingeliefert wurde, schrie sie immer noch, dass die ganze Familie sterben würde. Olivia litt schon lange unter Wahnvorstellungen. Bills und Olivias gemeinsamer Sohn zog bereits früh aus dem Elternhaus. Er studierte in New York, heiratete eine gute Frau und sie bekamen einen Sohn … Steven … Steven Miller. Erst nach Olivias Tod wurde festgestellt, dass Olivias Krankheit erblich bedingt ist. Nachfahren können ebenfalls daran erkranken.

Jack und Bill richteten das neu erworbene Haus ein. Jack, der nie verheiratet war, kümmerte sich mehr um den Garten.

„Hier war wohl einmal ein Kräutergarten. Den werde ich wieder neu anlegen. Es lag sogar eine Sichel im Schuppen.", sagte er zu seinem Bruder. Sein Bruder Bill erfreute sich über herrliche Ölgemälde, aber auch darüber, dass Jack Kräuter pflanzen wolle. Bill kocht für sein Leben gern und dazu kann er Kräuter gut verwenden. „Ich nahm immer eine Schere zum Abschneiden der Kräuter.", schlug Bill vor.

Die Zeit verging. Alles schien zur besten Zufriedenheit. Eines Tages kam Jack mit einer Schnittwunde ins Haus. An der linken Hand hing der Daumen in Fetzen an der Hand. In der rechten Hand hatte er blutverschmierte Kräuter. „Hier habe ich frische Kräuter, Bill." „Jack!", schrie Bill auf, „was ist passiert?" „Ach, das wird schon wieder.", nuschelte Jack. Sofort fuhren sie ins Heywood Hospital. Der Daumen konnte nicht gerettet werden. Er war schon schwarz und ohne Leben.

Mit der Zeit veränderte sich Jack. Jeden Tag sah Bill aus dem Fenster. Jack war im Garten und schlug mit der Sichel wild um sich. Es schien so, als würde sein Bruder in einer anderen Welt leben.

Eines Tages besuchte der Sheriff die Brüder. „Mein Name ist Cobb, John Cobb. Ich bin Sheriff hier in Westminster. Vor zwei Tagen ist vor unserer Kirche eine tote Frau abgelegt worden. Sie beide wohnen zwar außerhalb des Tatortes, aber ich muss trotzdem nachfragen. Ich vermute, dass der oder die Täter die Frau an einem anderen Ort getötet haben. Die Autobahnabfahrt nach Westminster ist ganz in der Nähe. Haben sie etwas gesehen?" „Nein, ich war mit meinem Bruder auf unserem Grundstück. Hierher verirrt sich niemand. Wurde die Frau vergewaltigt? Wie sieht sie aus?", fragte Bill. „Das wollen sie bestimmt nicht wissen. Ihr Anblick war grauenvoll. Wenn sie beide mir noch Hinweise geben können, hier ist meine Karte."

Tage später fuhr Bill zum Einkauf. Hierbei erfuhr er, dass die Frau 35 Jahre alt gewesen ist. Ihr wurden Arme und Beine abgetrennt. Alles war in einem Müllbeutel zu finden. Messerscharf wurden die Gliedmaßen abgetrennt. „Wir haben es schon einmal mit einem

Kettensägen-Mörder zu tun gehabt. Die Abtrennungen waren durch die Kettensäge zerfetzt. Bei der Frau sah es aber so aus, als wäre eine Sense oder ein großes scharfes Messer im Spiel.", sagte der Verkäufer. „Oder es war eine Machete?", ergänzte ein Kunde. „Vielleicht eine Sichel?", fragte Bill. „Eher nicht, da muss man weit ausholen und braucht viel Kraft.", erwiderte der Verkäufer.

Bill kam zum Haus zurück. Jacks alter Ford stand nicht in der Garage. Er trug den Einkauf ins Haus und begann mit der Vorbereitung der Steaks. Jack kam zurück. Schnell verschwand er im Bad. „Jack! Ist alles in Ordnung?" Als Jack aus dem Bad kam, schien alles gut zu sein. Beide genossen die leckeren Steaks. Am Nachmittag pflegte Jack seinen Kräutergarten, während Bill das Haus säuberte. Im Bad ist ihm ein blutverschmiertes Handtuch aufgefallen. Ohne Bedenken steckte er es zur Schmutzwäsche.

Drei Tage später war der Geburtstag von Bill. Er lud seinen Bruder ins Café ein. Beide bestellten Omelette mit Speck. „Habt ihr schon vom neuen Mord gehört?", fragte die nette Serviererin. „Nein! Ist schon wieder etwas passiert?", fragte Bill erschrocken. „Im Dunn State Park ist ein älterer Mann tot und zerstückelt aufgefunden worden. Er wohnte in Gardner. Teile seines Körpers trieben im Wasser. Ein Bein fehlt der Polizei noch. Wieder sind die Gliedmaßen messerscharf abgetrennt worden. Jetzt sogar der Kopf." „Gut, dass wir das Omelett schon gegessen haben. Da wird mir ganz übel. Bringe uns noch einen Whiskey.", sagte Bill. Trotzdem ließen sich die Brüder Bills Geburtstag nicht verderben. Abends gab es dann noch einen herrlichen Geburtstagsbraten. Bill fiel dabei auf, dass Jack den Braten vorzüglich und perfekt in Scheiben geschnitten hatte.

Irgendwie musste er an die Morde rund um den Ort Westminster denken. Wie messerscharf doch die Gliedmaßen von den Körpern abgetrennt worden sind. Bill schüttelte sich und dachte „male dir das nicht weiter aus".

Eines Tages fuhr Jack zum Einkaufen. Zu spät bemerkte Bill, dass wichtige Zutaten fehlten um für das Wochenende gut versorgt zu sein. Jack war schon Stunden unterwegs. Bill stieg in seinen Buick und fuhr zum Vincent's Country Store. „Hat mein Bruder alles eingekauft?" „Dein Bruder war nicht bei uns, zumindest heute nicht.", antwortete der Verkäufer. Das war für Bill eigenartig, denn auf der Fahrt zum Store sah er ihn auch nicht. Nun gut, Bill suchte sich Öl, Salz und Pfeffer und stieg wieder in sein Auto. Er fuhr die Leominster Straße entlang, als ihm an der Kreuzung zum Friedhof Jack mit seinem Ford entgegen kam. Links ging es zur Autobahn, rechts nach Hause und geradeaus zum Friedhof eben. Was wollte Jack dort? Jack sah Bill nicht. Nun fuhr Bill langsam auf der Narrows Road den Friedhof entlang bis zur East Road. Dann drehte er und fuhr zurück. Am Friedhof angekommen, sah er schon den Sheriff aus dem Wagen steigen. Eine Friedhofbesucherin fuchtelte aufgeregt mit den Armen und zeigte auf ein Grab. Bill stieg aus seinem Wagen aus. Er folgte dem Sheriff. Der Sheriff blieb wortlos an einem Grab stehen.

Noch 15 Meter, dann war auch Bill am Grab. Noch 8 Meter … noch 5 Meter … Bill musste sich übergeben. Vor einem Grabstein wurden Arme und Beine aufgestapelt. Auf dem Grabstein lag der Rest des Körpers. Das Blut floss am Grabstein herunter. „Was suchen sie hier?", fragte der Sheriff erbost. „Nichts, nichts, wirklich nichts.", stotterte Bill. Bill rannte zu seinem Auto zurück. Mit durchdrehenden Reifen fuhr er nach Hause. Sofort suchte Bill seinen Bruder. Im Haus war er nicht. Bill rannte zum Gartenhaus. Er stieß die Tür auf und sah Jack, wie er die Sichel putzte. „Wo warst du, Jack!", schrie Bill seinen Bruder an. „Ich, ich, ich weiß es nicht, Bill. Bill, irgendetwas stimmt mit mir nicht. Bitte hilf mir.", schluchzte Jack und legte die Sichel behutsam in eine Schatulle. Das ganze Wochenende redeten die Brüder miteinander. Ein Resultat gab es nicht. Montags kam der Sheriff vorbei. Er wollte genau wissen, wo sich die Brüder am Tattag auf dem Friedhof gewesen sind. „Ich war im Vincent's Country Store. Der Verkäufer ist mein Zeuge. Ganz in Gedanken bin ich an der Kreuzung nicht links abgebogen, sondern geradeaus zum Friedhof gefahren." „Warum waren sie in Gedanken?", fragte der Sheriff. „Meinem Bruder ging es nicht gut … das Herz.", log Bill. Der Sheriff glaubte Bill und verließ das Haus. „Jack, hast du mir wirklich nichts zu sagen?", wollte Bill unbedingt wissen. Von Jack kam keine Regung.

Zeit verging …

Jack pflegte seinen Kräutergarten und Bill kümmerte sich um das Haus. Immer wieder sah Bill, wie Jack wild mit der Sichel um sich schlug. Dann ging er aber auch wieder ganz behutsam mit der Sichel um, zumindest dann, wenn Jack Kräuter abschnitt.

Eines Nachts bemerkte Bill, wie Jack noch einmal das Haus verließ. Er lief zum Gartenhaus und holte seine Sichel. Dann lief er über das eigene Grundstück um zum Nachbarhaus zu gelangen. Bill zog sich schnell seine Schuhe an und lief Jack im Pyjama nach. Am Nachbarhaus angekommen, bemerkte Bill gleich das zerbrochene Glas an der Hintertür. Auf dem Boden lag regungslos der Nachbar Henry Jonas. Jack holte weit aus mit der Sichel. Bill warf sich ihm entgegen und hielt seinen Arm mit aller Kraft fest. Dabei verletzte sich Bill am Arm. Die Sichel ritzte eine 15 Zentimeter lange Wunde ein. Beide fielen zu Boden. „Was, was mache ich hier?", rief Jack seinem Bruder zu. „Kannst du dich etwa an nichts erinnern?", stellte Bill eine Gegenfrage. „Nein, Bill, wirklich nicht.", antwortete Jack. Beide beseitigten alle Spuren. Henry Jonas Verletzung am Kopf wurde versorgt. „Hat dich Henry gesehen?"

„Nein, er kam in den Raum, nachdem er das Glas brechen hörte. Danach schlug ich ihn nieder. Ab jetzt weiß ich von nichts mehr."

Bill schickte Jack zurück zum Haus. Er wartete bis Henry aufwachte. „Was ist los? Ich habe ja vielleicht einen dicken Schädel." „Henry, da hat dich wohl ein Einbrecher besucht. Erinnerst du dich an etwas?" „Nein, an nichts. Morgen fahre ich zum Sheriff. Danke für deine Rettung und Hilfe. Wie geht es deinem Bruder?" „Ach, der war noch unterwegs."

Jetzt stand für Bill fest, sein Bruder war für die Morde verantwortlich. Für Bill war Jack sehr krank. Seine tiefe Wunde heilte eigenartiger Weise von ganz allein.

Die Brüder passten nun sehr aufeinander auf. Und doch kam der Tag, als etwas furchtbares passierte. Bill hörte Jack wie in Trance sagen: „Ja, du rufst mich. Ich gehorche. Was darf ich für dich tun?" Bill schreckte auf und wollte seinen Bruder zurückhalten. Er stürzte über den Teppich, schlug mit dem Kopf auf den Tisch und blieb bewusstlos liegen. In Trance nahm Jack die Sichel, zog seinen schwarzen Trenchcoat über und stieg in seinen Ford. Er fuhr in Richtung Gardner. Auf dem East Broadway begann der Horror. Vor dem ersten Restaurant parkte er den Ford direkt vor der Tür und ging gezielt in den Gastraum. Die Sichel hielt er unter dem Trenchcoat in Brusthöhe verdeckt. „Guten Abend der Herr. Darf ich sie zu einem freien Tisch begleiten?", fragte der Kellner. Wortlos machte Jack eine Handbewegung, der Kellner solle vorangehen.

In der Mitte des Gastraumes zückte Jack blitzschnell die Sichel und schlug mit der Sichel auf den Kellner ein. Sein Kopf fiel zu Boden. Das Blut spritzte aus dem Rumpf. Langsam viel er auf die Knie, dann auf den Brustkorb. Während des Fallens trennte Jack beide

Arme ab. Der Körper blutete aus. Die Gäste hielten das Geschehene erst für eine gruselige Show. Und schon ging es weiter. Die Sichel trennte Arme und Köpfe von den Gästen. Ihre Körper kippten blutend auf die Tische. Suppenteller füllten sich mit ihrem Blut. Arme lagen auf dem Boden. Blut war nun überall. 12 Menschen verloren ihr Leben. An einer sauberen Tischdecke putzte Jack das Blut von der Sichel und brachte sie auf Hochglanz.

In zwei weiteren Restaurants auf dem West Broadway schlug Jack mit der Sichel noch zu. Weitere 9 Menschen fanden den Tod. Immer wieder das gleiche Ritual. Nach dem Horror polierte Jack die Sichel immer auf Hochglanz.

Ruhig und gelassen stieg er wieder in seinen Ford und fuhr in Richtung Gardner City über die Main Street. Vor dem City-Restaurant parkte er wieder direkt vor der Tür. „Hallo Sir! Hier können sie nicht parken!", rief ein Angestellter. So wollte es Jack eigentlich nicht. Das Morden sollte erst im Gastraum stattfinden. Doch Jack zog die Sichel unter dem Mantel hervor, holte weit aus und schlug zu. Der Kopf des Angestellten flog 10 Meter weit. … Der Rumpf fiel langsam ins Gebüsch.

Menschen auf der anderen Straßenseite sahen den Vorfall und benachrichtigten schnell den Sheriff.

In der Zwischenzeit betrat Jack den Gastraum. 17 Gäste und zwei Kellner verloren ihr Leben. Blut spritzte aus den Wunden. Arme und Köpfe lagen im gesamten Raum. Die Teppiche sogen sich mit Blut voll. „Hier ist der Sheriff! Hände hoch! Ergeben sie sich!", schrie der Sheriff. Zwei Deputies kamen noch zu Hilfe.
Jack holte aus … der Sheriff schoss … die Sichel schleuderte durch den Raum … die Deputies schossen ihre Waffen leer … alles war wie in Zeitlupe … die Sichel fand ihren Weg und flog direkt auf den

Sheriff zu. Er kippte durch die Wucht nach hinten. Blut floss aus seiner Brust.

Jack brach tot zusammen. 18 Kugeln trafen ihn. Die Deputies schauten auf den blutenden Sheriff. Er öffnete die Augen und erhob sich langsam. Sein Sheriff-Stern rettete das Leben des Sheriffs. Der Horror war vorbei!

Bill blieb nicht in Westminster wohnen.
Die Sichel und eine Blutprobe des Sichel-Mörders wurden nun im New York City Police Museum untergebracht. Beides ist mit der höchsten Sicherheitsstufe versehen. Das Blut des Mörders war schwarz und besaß bei der Untersuchung keinen Sauerstoff.

Jedoch, da war noch etwas… Bill wurde ja von der Sichel verletzt. Er war ihr ebenfalls verfallen. Mit Hilfe von Ganoven, die er mit dem Geld des Hausverkaufes entlohnte, stahl er die Sichel aus dem Police Museum und flüchtete nach London, wo er bis an sein Lebensende untertauchte.

Fast vier Jahrzehnte später … der Horror geht weiter!

Das Blut des Mörders, zusammen mit der Mördersichel, wurde zuletzt in New York City, im Police Museum, ausgestellt.

Wir befinden uns nun im Jahr 2020/21. Dass dieses spezielle Museum streng bewacht wird, kann man sich ja denken. Täglich belagern viele Neugierige die Vitrinen im Kriminal-Museum, trotz Corona Einlass-beschränkungen. Nichts gerät hier außer Kontrolle. Bis jetzt. …

New York, 4.1.2021:

Das Blut klebte noch an der Sichel. Trotzdem strahlte sie in vollem Glanz, als wenn sie eine Seele hätte. Die Vitrine war versiegelt und mit dickem Panzerglas versehen. Niemand hätte sie unbemerkt entwenden können.

Carmen Miller kam mit ihren zwei erwachsenen Söhnen. Die jungen Männer studierten Kriminologie und wollten sich auf diese Weise einen kleinen Einblick in diese Welt verschaffen. Carmen stand vor dem Glaskasten und bewunderte die Schönheit der Sense, die trotz ihres hohen Alters noch einen makellosen Goldüberzug besaß. Dass sie mit dunklem, getrocknetem Blut verschmiert war, sah Carmen nicht direkt. Je länger sie dieses Objekt betrachtete, umso mehr verspürte sie den unwiderstehlichen Drang zu töten. Sie schüttelte sich. Nein, das durfte und konnte nicht sein. Diese Gedanken wollte sie schnell wieder loswerden.

Carmen war eine biedere Hausfrau, die alles für ihre Söhne tun würde. Als sie damals von ihrem Mann verlassen wurde, waren die Söhne noch klein und sie erzog sie ganz alleine. Alles tat sie, damit es ihnen gut ging. Es wurde schon dunkel als sie mit ihren Söhnen das Museum verließ.

Jeden Abend um die gleiche Zeit, fand ein Kontrollgang durch das Museum statt. Jack Braun blieb plötzlich vor der leeren Vitrine stehen.   Er traute seinen Augen nicht. Die blutige Sichel war aus dem gesicherten Glaskasten verschwunden, ohne eine Spur des Einbruchs zu hinterlassen. Es wurde unheimlich still, keiner der Beamten wagte sich etwas zu sagen. Obwohl Jack Braun ein stattlicher, kräftiger Mann war, lief ihm die Angst eiskalt den Rücken herunter. Seinem Kollegen Joseph Miller ging es nicht anders.

Die Männer machten Meldung, und innerhalb von Minuten war die Polizei vor Ort. Es wurde vermutet, dass hier nur eine unsichtbare, dämonische Kraft so etwas bewerkstelligen konnte. …

Zeit verging … Carmen Miller schaute in den Spiegel ihrer Kommode. Nein, sie war nicht sie selbst. Sie merkte, dass mit ihr eine Veränderung stattfand. Die einst so mädchenhaften, zarten Gesichtszüge waren verschwunden. Sie fürchtete sich vor ihrem eigenen Spiegelbild. Je länger Carmen sich betrachtete, umso bösartiger wurde ihr Blick.

Es war nicht nur das Gesicht, welches sich verändert hatte. Die ganze Gestalt der einst hübschen Frau sah einfach zum Fürchten aus. Sie trug ein langes, schwarzes Gewand und ihren gesamten Kopf verbarg sie unter einem langen, schwarzen Schleier. Die Horror-Sichel hatte es wieder geschafft, sich einen Handlanger auszusuchen.

Ein paar Tage später schlich sich Carmen zum Hintereingang des New York City Theaters. Mittlerweile wurde das Theater wieder geöffnet, obwohl das Corona Virus immer noch nicht besiegt war und ist und vielleicht auch nicht wird. Es war schon recht spät, die letzte Vorstellung lief. Es herrschte andächtige Stille. Der Dämon, der von Carmen Besitz ergriffen hatte, setzte sich in die obere Reihe des Theaters. Carmen zog die schwere, goldene Sichel hervor und schlug blitzschnell den Menschen, die eine Reihe vor ihr saßen, die Köpfe ab. Die besessene Frau ergötzte sich an dem Blut, welches unaufhaltsam auf den dicken Teppich des Theaters floss. Sie leckte daran bevor sie ihren Körper damit einrieb. Carmen verschwand ungesehen in der Dunkelheit der Nacht. Niemand ihrer sonst so neugierigen Nachbarn bemerkte, dass sie die Tür ihres Hauses aufschloss und lautlos dahinter verschwand. Sie fiel vollkommen erschöpft auf ihr Bett und irgendwann in der Nacht verließ der Dämon ihren Körper. Sie wachte in Blut gebadet auf.

Alles klebte und stank nach geronnenem Blut. Carmen musste sich übergeben. Es kam ihr vor wie ein grausiger Alptraum. Nur, wo kam dieses Blut in ihrem Bett her? Hatte sie sich etwa verletzt? So krampfhaft sie auch versuchte, sich zu erinnern, es gelang ihr nicht.

Um 23 Uhr, sobald die Dunkelheit sich über die Stadt gelegt hatte, wurde es ruhig und man sah nur wenige Menschen. Schlecht beleuchtete Nebenstraßen waren gewiss auch daran schuld, sowie das Virus. Gerade in dieser Gegend mied man es, bei Dunkelheit hier zu sein. Carmens Gestalt war komplett in Schwarz gehüllt und verdeckte ihren Körper ganz. Ein Paar und eine junge Frau gingen angeheitert auf die Haustür eines Mietshauses zu. Gerade als sie aufschließen wollten geschah es. Mit grunzenden und kreischenden Geräuschen sprang Carmen hervor. Der Speichel lief ihr aus den Mundwinkeln. Die zierliche Frau hob die schwere Sichel und schlug mit einem geraden Schnitt den drei Menschen die Köpfe ab. Als wenn das nicht schon genug wäre, trennte sie den Leuten noch Beine und Arme ab. Blut floss über den Asphalt. Die Körper bluteten völlig aus. Carmen bückte sich und griff mit den Fingern Blut. Sie leckte ihre Finger, es war absurd. Immer noch waren die Nebenstraßen wie ausgestorben und niemand bemerkte etwas. Carmen kniete sich jetzt. Jetzt trank sie das Blut und rieb sich hinterher noch ihren Körper damit ein. Der Blutrausch schien kein Ende zu nehmen.
Die Sichel war wieder verschwunden und eine zierliche Frau, in Schwarz gekleidet, lief davon. Carmen betrat ihr Haus. Auch dieses Mal bemerkte sie niemand. Sie legte sich ins Bett, ohne sich vorher zu waschen und schlief bis zum anderen Tag durch.

Als die Leichen am folgenden Morgen gefunden wurden, lag ein entscheidendes Beweisstück daneben. Es war ein Mundschutz mit Speichel. Besser noch, auch ein Medaillon wurde gefunden. Carmen trug immer dieses Medaillon um ihren Hals, in dem alle wichtigen

Daten zu ihrer Person eingetragen waren. Die Söhne wollten es so, falls ihr einmal etwas zustoßen würde. Es war jetzt sehr hilfreich für die Polizei. Die Polizisten klingelten, Carmen öffnete blutverschmiert die Tür. Die Sichel war wieder in ihrer Hand. Mit einem sauberen Schnitt, fiel der Kopf des klingelnden Polizisten auf den Boden. Sein Finger blieb noch für Sekunden auf dem Klingelknopf, und das, ohne Kopf. Carmen hatte vollkommen die Gesichtszüge eines Menschen verloren. Sie besaß eine grausame Horrorfratze und Blut lief an ihren Mundwinkeln herunter. Die einst so unschuldige biedere Frau und Mutter wurde vollkommen vom Geist der Mördersichel erfasst und tat nur noch das, was die Sichel wollte. Der zweite Beamte war geschockt. Carmen holte wieder aus. Der Beamte hob seinen linken Arm zur Verteidigung. Der Unterarm wurde abgetrennt. Er merkte es nicht einmal, er verspürte keinen Schmerz. Mit der rechten Hand griff er nach seiner Pistole Glock 19. Noch während Carmen wieder ausholte, schoss der Polizist das volle Magazin vollkommen leer. … … … Carmen starb im Kugelhagel.

Das Aufräumkommando brachte die Sichel des Todes wieder in das New York City Police Museum. Sie wurde nicht mehr ausgestellt. Im Keller wurde sie eingelagert. Der Schlüssel wurde dem FBI übergeben. Das FBI untersuchte die Sichel akribisch. Die Vermutung, dass die Sichel in der Eisenzeit von Hand geschmiedet wurde, konnte nicht bestätigt werden. Das Material war wesentlich älter und völlig anders aufgebaut. Eine Untersuchung mit dem Rasterelektronenmikroskop ergab eine grausige Entdeckung. Der FBI-Untersuchungsbeamte Jim Collins sah eine undurchdringliche Oberfläche. Er montierte den roten Holzgriff ab. Dieser wurde irgendwann einmal erneuert. Collins legte die Sichel wieder unter das Rasterelektronenmikroskop. Zur Sicherheit wurde der Raum mit Kameras überwacht. Was den Sicherheitsbeamten dann auf den

Monitoren gezeigt wurde, war ein unheimlicher Anblick. Collins berührte den freigelegten Schaft der Sichel. Nun nahm Collins die Sichel in die Hand, jetzt verband sich die Sichel mit der Menschenhand direkt. Wieder übernahm das Böse der Sichel die Oberhand des Menschen. Wild schlug er um sich. Mit voller Wucht schlug sich Collins nun den linken Unterarm ab. Blut spritzte aus seinem Armstummel. Immer wieder schlug Collins jetzt auf seine Beine ein. Die Sicherheitsbeamten stürmten den Untersuchungsraum. Collins warf die Sichel auf einen Beamten. Wie in Zeitlupe flog die Sichel dem Beamten entgegen und spaltete seinen Kopf. Er brach tot zusammen. Der andere Beamte schoss Collins in den Kopf und ins Herz. Collins war sofort tot.

Das   Rasterelektronenmikroskop zeigte, dass nach der Abnahme des Holzgriffs der Schaft Öffnungen besaß, aus denen lebende, wohl außerirdische Zellen austraten. Diese wanderten durch den Holzgriff in die Menschen, die die Sichel benutzten. Collins wurde direkt, ohne Holzgriff, konterminiert.

Die Sichel ist heute im militärischen Sperrgebiet AREA 51. Den Code und den Schlüssel zum Stahl-Tresor, der in vielen Kilometern Tiefe liegt, wurde dem aktuellen Präsidenten der Vereinigten Staaten von Amerika, Joe Biden, übergeben.

Ende … … … oder?

Alptraum

Die Tür zum Bad knarrt immer noch, aber was Ilona G. bis dahin erlebte, das war der Horror. Ilona möchte unerkannt bleiben, es glaubt ihr sowieso niemand. In ihrem Leben war sie vier Mal in psychiatrischer Behandlung. Auch ihren Sohn wurde in Mitleidenschaft gezogen. Was hat es mit der knarrenden Tür auf sich? Knarrt nicht irgendwie überall eine Tür? Ilona heiratete mit achtzehn Jahren ihren Traummann Günther. Günther studierte gerade, er war sechs Jahre älter. Ilona brach die Lehre ab und ging ans Fließband. Sie sorgte so für den Lebensunterhalt, Günther konnte sich ganz auf das Studium vorbereiten. Beide planten ihr Leben. Nach dem Studium sollte Günther der Hauptverdiener werden, Ilona wollte dann bis zum ersten Kind weiter arbeiten. Ein Haus mit etwa 35 Jahren, dann noch ein weiteres Kind. Das klang alles wirklich wunderbar, wenn das Wörtchen „wenn" nicht wäre. Hat es Ilona ihrem Ehemann vielleicht zu leicht gemacht? Arbeit und Haushalt, dann die viel zu frühe Geburt von Sohn Steffan. Ilona opferte sich auf. Gut, dann werden die Bauklötze eben etwas verschoben, es wird schon gehen. Zu blöd aber auch, dass Günther auf diesen dämlichen Trick mit dem Zettel hereinfiel. – Ruf Mal an, Iris – stand darauf. Diese Falle ist doch nun wirklich uralt. Im heutigen Zeitalter des Internets gibt es natürlich andere Möglichkeiten.

Heute könnte sich Günther unter einem Fake-Namen auf diversen Plattformen anmelden. Hier könnte er dann Lisa kennenlernen, die in Wirklichkeit Annette heißt. Ilona vertraute übrigens sehr ihrem Ehemann, wie gesagt, es war ihr Traumpartner. Weshalb sie dann in das Jackett ihres Mannes griff? Na, das ist doch klar, der Tascheninhalt beulte die Taschen aus. Ilonas Eltern besaßen schließlich ein Damen- und Herren-Bekleidungsgeschäft.

„Wer ist denn Iris?", fragte Ilona ihren Ehemann.

„Eine Kommilitonin, wir werden die Diplomarbeit zusammen schreiben.", antwortete Günther. „Toll, dann wird es ja jetzt etwas!", freute sich Ilona. Die Diplomarbeit dauerte und dauerte. Mal war der Professor krank, mal gab es keinen Diplomplatz. Auf jeden Fall stellte Günther es so dar. An einem Tag, an dem Hausarbeit anstand, legte sich Ilona eine flotte Musik auf. Sie griff in den Kassetten-Ständer, eine Philips-Kassette mit den größten Hits von Dave Dee, Dozy, Beaky, Mick & Tich sollte es sein. Ilona legte das Band ein, zu hören war folgendes: „Peep, sprechen sie jetzt – Iris hier. Es ist aus, lass dich nie mehr hier sehen. Peep." Geschockt sah Ilona, dass es eine Kassette aus dem Anrufbeantworter war. Die größten Hits der Rock-Gruppe steckten im Radiorecorder in der Küche. Immer wieder hörte Ilona diese Nachricht, immer und immer wieder. Ihre bis dahin heile Welt zerbrach. Sie zitterte am ganzen Körper, sie hatte nicht einmal die Kraft, hart mit Günther ins Gericht zu gehen. Günther kam an diesem Abend sehr spät und völlig betrunken nach Hause. Das Drama nahm seinen Lauf. … Günther schlug seine Frau nur noch, drohte sie und den Jungen umzubringen. „Ich finde dich überall und dann bist du dran!", schrie er. Nicht mehr wieder zu erkennen war Günther, er wurde zum Alkoholiker. Seine Frau war dermaßen eingeschüchtert, dass sie nur funktionierte. Morgens den Sohn versorgen, danach die Arbeit am Fließband, dann den Haushalt. Und das Tag für Tag. Ilona war 37 Jahre, als ihr Sohn Steffan heimlich die Wohnung verließ und nicht mehr zurückkam. Da war er 17 Jahre. Der letzte Halt brach für Ilona zusammen.

Weitere zehn Jahre brauchte Ilona, um langsam einen Wandel in ihren Gefühlen und in ihrem Denken zu vollziehen. Günther war nun 53 Jahre, er litt an Bluthochdruck, war übergewichtig und sehr gewalttätig gegenüber Ilona. Immer mehr Rattengift mischte sie ins Essen. Im Schuppen ihres Vaters fand sie noch E 605, auch das kam ins Essen. Ilona war verbittert und voller Wut und Hass. Die Prügelattacken, die Vergewaltigungen, das Messer, das er ihr an die Kehle setzte, sie war es einfach leid. Ilona verschloss die Wohnzimmertür, Günther lag bewusstlos vor dem Fernseher. Jetzt löste sie das Rohr zum Ölofen. Es sollte so aussehen, als ob Günther im betrunkenen Zustand vor den Ölofen lief. Der Plan funktionierte. Vergiftung durch Gase, hieß es. Wer nun glaubt, das war es, der irrt.

Günthers böser Geist war allgegenwärtig. Lampen schalteten sich ein und aus. Der Herd stand auf Stufe 5 und das Trockentuch lag darauf. Nachts schellte das Telefon. Ilona verspürte eines Nachts ein Druckgefühl am Hals. Wieder musste sie in Behandlung. Wird es denn nie enden? Die Waschmaschine stand plötzlich unter Strom. Die Brotmaschine begann sich bei der Reinigung zu drehen. Auf dem alten Röhrenfernseher lag sein alter Bademantel. Er überhitze, es war 22 Uhr, es begann zu brennen. Ilona, die auf der Couch eingeschlafen war, konnte sich soeben retten. Aber nur, weil jemand Sturm schellte. Vor der Tür empfing sie ihr verlorener Sohn. „Steig in den Wagen, wir müssen weg hier!", schrie er. „Wo warst du nur, Steffan? Warum kommst du jetzt?", bibberte seine Mutter. „Ich hörte Vater im Traum. Er sagte, dass er uns alle umbringen will!", sagte Steffan und raste los. Der Brand war schnell gelöscht. Ilona wohnte nun zwei Straßen von ihrem Sohn entfernt, er bekam seine Psyche in Griff, jetzt hatte er eine liebe Frau, demnächst eine Tochter.

Drei Mieter bewohnten die Wohnung nach diesem Vorfall. Alle kündigten wieder. In der unteren Etage eröffnete ein Computer-Geschäft. Ilonas Wohnung sollte als Lager angemietet werden. Wie gesagt, die Tür zum Bad knarrt etwas, aber das stört den Mieter nicht.

Das Haus am See

Niemand wohnte in diesem Holzhaus unten am See. Es stand einige Jahre bereits leer. Man konnte es nur mit dem Boot erreichen. Alle Leute aus der Umgebung mieden es. In der Nacht spielten sich unheimliche Dinge dort ab. Punkt Mitternacht war dieses Haus hell erleuchtet und es hörte sich an, als wenn eine Frau weinen würde. Eines Tages kam ein junger Mann ins Bürgeramt der Stadt. Sein Name war Klaus Brückner. Er erkundigte sich nach dem Haus unten am See. Gerne würde er es kaufen. Da Angeln sein Hobby war, schien hier ein geeigneter Ort zu sein. Die Dame vom Amt sagte ihm, dass dieses Haus zuletzt einem Bauern aus der Umgebung gehörte, jetzt aber zum Kauf angeboten wurde. Sie meinte, dass es unheimlich dort sei. Klaus Brückner tat das alles nur als Gerede ab. „Na ja, sie müssen wissen was sie tun. Sie können es sofort haben, wenn sie wollen. Wir sind froh, wenn es verkauft ist." Klaus Brückner angelte für sein Leben gern, da kam es wie gerufen, dieses Haus. Am ersten Abend warf er seine Angel aus, befestigte die Rute am Bootssteg und ging zurück ins Haus. Er vernahm ein leises Wimmern, ging aber darüber hinweg. Am darauf folgenden Abend das Gleiche, nur eindringlicher und lauter. Es kam ihm vor, das Gejammer direkt neben sich hören zu können. Er hatte das Gefühl zu spinnen.

Ein paar Tage vergingen bis er wieder Zeit fand, seinem Hobby nachzugehen. Auf dem Weg zum Haus traf Brückner ein paar Leute aus der Umgebung. Eine Frau fragte, ob er der neue Besitzer sei und es doch gewaltig dort spuke am See. Sie schaute ihn noch von der Seite an und verschwand. Klaus Brückner wurde nachdenklich. Sollte dieses nächtliche Gejammer etwas damit zu tun haben? Was war hier los?

Am Abend hatte er das Gespräch wieder vergessen. Gut gelaunt machte er sich auf den Weg zum Haus. Wie gewohnt legte er die

Angel aus und ging rein. Eine unheimliche Stille machte sich breit. Plötzlich stand eine junge Frau vor ihm. Blutverschmiert und mit Seetang behangen. Ihm wurde schwindelig vor Angst. „Du musst es klären, ich bin ermordet worden. Er läuft noch frei herum, er muss bestraft werden, sonst kann ich keine Ruhe finden." Brückner bekam Angst, versprach aber, ihr zu helfen. Am Tag darauf fuhr er zum Rathaus, hier konnten sie ihm tatsächlich helfen. Er erfuhr, dass ein Bauer aus der Umgebung, mit Namen Holger Westermann, vor Jahren dieses Haus besaß, gleichzeitig eine junge Frau verschwand. Kurz danach verkaufte er das Haus wieder. WARUM NUR? Verschwieg er etwas? Gleichzeitig wurde nach dem Mädchen gesucht, Ermittlungen wurden angestellt. Sie wurde als vermisst gemeldet. Aber eine Verbindung zwischen dem Verschwinden des Mädchens und H. Westermann schien nicht zu bestehen! Oder etwa doch? Brückner bedankte sich für die Information. Er hatte eine Vermutung, er hatte ein Gefühl, er hatte Gänsehaut ... ja, er hatte eine schlimme Befürchtung ... er setzte alles auf eine Karte, er pokerte jetzt hoch, denn er hatte doch versprochen zu helfen ... sein Vorhaben war riskant, sein Vorhaben war gefährlich ... aber er musste so handeln ... ... …

ER FUHR SOFORT ZU WESTERMANN!

Er klopfte erst an, er pochte und schlug dann gegen die Tür und schrie: „MACH AUF, DU MÖRDER! ... KOMM' RAUS!"

Westermann schrie zurück, er konnte aber nicht gegen den gewaltigen Druck von Brückner ankommen.

Mit ganzer Kraft drückte Brückner die Tür auf! „Ich habe dieses Haus am See gekauft, was war da los? Sie sind in jener Nacht beobachtet worden! Man hat Schreie gehört!"

Ein Wort ergab das andere ... es wurde heftig geschrien und gestritten ... Holger Westermann knickte ein.

Er gestand, sie geschlagen zu haben ... er gestand, sie gefesselt zu haben ... er gestand, dass er sie vergewaltigt hatte und er gestand, dass er sie erschlagen und zerstückelt hatte. Ihr Fleisch hat er gegessen und ihr Blut getrunken.

Brückner konnte nicht glauben was er hörte. Es lief ihm eiskalt über den Rücken. Er rief die Polizei! Der Mörder wurde verhaftet! Endlich hatten die Leute ihre Ruhe ... endlich hatte die Seele ihre Ruhe ... Brückner verkaufte das Haus trotzdem wieder, mit dieser Vorstellung konnte er dort nicht bleiben, obwohl sich nun alles aufhellte, das Haus und der See in einem ganz anderen Licht zu sehen waren und der Spuk ein Ende hatte.

<u>**Ausverkauf**</u>

Es liegen nun schon seit längerer Zeit viele Ersatzteile in Connys USED BODY PARTS. Ganz langsam gehen Conny Conelly die Gelder aus, um seine Angestellten bezahlen zu können. Auch Geld für Strom für das Geschäftslokal, und natürlich für das Labor, muss bereitgestellt werden. Nun ja, es lässt sich sehr gut in diesem Zweig verdienen, aber nicht unbedingt in einem Vorort von Los Angeles. Besser gesagt in einem Vor-Vorort. Dann die ständig zu erneuernden Lizenzen, von wem stammt das Bein, die Hand oder der Arm, all dies muss Conny den Beamten der BCO, also des Body Control Office, beweisen können. Conny hat das Geschäft von seinem Vater vor drei Jahren übernommen. Jack Conelly hatte 2088 sein erstes Geschäft in Los Angeles eröffnet. Die Unkosten dort waren immens, aber Jacks Arbeit und Ehrlichkeit waren weit bekannt, jeder bezahlte gern für eine neue Hand 15.000 Dollar.
Auch Jacks Service hatte einen guten Ruf … Einstellarbeiten oder Anschlussarbeiten wurden perfekt ausgeführt. Jacks Sohn hingegen war immer schon für den schnellen Dollar. Oft versuchte Conny seinem Vater ein Körperteil einer nicht freigegeben Leiche unterzujubeln. Auch Menschen, die in Geldnot waren, kaufte Conny für weit weniger ihre Gliedmaßen ab, als sie offiziell dafür bekommen würden.

Nun gut, man kann es versuchen, aber Ehrlichkeit kommt doch ans Ziel. In der heutigen Zeit, also 2115, sind die staatlichen Auflagen noch höher, das wäre für Jack bestimmt kein Problem, aber er starb vor zwei Jahren an einem Gehirntumor. Das Kuriose daran ist, alle anderen Ersatzteile hätte Jack auf Lager gehabt, nur bei Gehirnen verweigert das BCO seine Genehmigung. Vielleicht gelingt es in 100 Jahren, ein komplettes Bewusstsein zu transformieren, wobei natürlich alle Reste des ursprünglichen Inhabers komplett gelöscht werden müssten. Und das ist auch das große Problem des BCO, kann ein Gehirn eines verstorbenen Mörders, mit dem neuen Muster eines Lehrers, aus Habsucht töten? Kann die Hand eines Mörders, angeschlossen an den Körper eines Pastors, jemanden erdrosseln? Das alles ist nicht geklärt, Labore arbeiten daran, wo der eigene Geist wirkt und handelt. Bis dahin sind alle Ersatzteile scharf zu kontrollieren. Es soll nicht herablassend von Ersatzteilen gesprochen werden, aber seit dem letzten Atomkrieg, der Vernichtung der Ozonschicht und der Virenepidemien der 2050'er Jahre und davor, sind das Denken und der Kopf wichtiger geworden. Trotzdem gibt es immer noch die andere Seite, Diebstahl und Morde sind längst nicht ausgerottet. Und es ist so wie immer, der eine kann sich ein neues Auge kaufen, der andere aus Geldnot eben nicht oder er muss seins verkaufen…

Übrigens ist die Technik des Anschlusses perfekt gelöst. Bei einem Unfall oder einer Amputation wegen Krebs, werden Anschlussbuchsen am Körper verbaut. Diese Anschlüsse sind international genormt, wenigstens darin waren sich alle Staaten einig. Ein Arm eines Chinesen konnte also bei Übereinstimmung aller wichtigen Daten, wie etwa der Blutgruppe, bei einem Deutschen eingesetzt werden. Krebs ist sowieso das Wort des Jahrtausends geworden, hätte es bloß nicht die Atomkriege gegeben. In diesem Monat benötigte Conny wieder einiges an Geldern. Seinen Laden betraten zwei Zwischenhändler, bei ihnen hatte Conny mehr als 25.000 Dollar Schulden. „Du verkaufst in Zukunft unsere Waren aus zweiter Hand!", sagte einer. Es ist dabei wohl etwas makaber, von zweiter Hand zu sprechen, aber unkontrollierte Ware eben, wir kennen ja nun das Problem. Im Gegenzug kam Conny langsam von seinen Schulden runter. Die Ware wurde geliefert. 25 rechte Männerbeine, 11 Frauenbeine, 44 Hände und noch weitere Ersatzteile.

Die Ersatzteile kamen in die Kühlkammer. Die 16 künstlich hergestellten Ersatzteile legte Conny ins Regal. Die künstlichen Gliedmaßen waren für ärmere Kunden, sie waren lange nicht so fein in der Koordinierung der Bewegungen. Auch wurden sie verwendet, wenn die Blutgruppen nicht übereinstimmten.
Ein Kunde aus LA betrat den Laden und fragte nach Jack Conelly.

Vor der Jahrhundertwende stellte Jack ihm die Hände perfekt ein, ebenso die Augenschärfe. „Mein Vater ist leider verstorben, wie kann ich Ihnen helfen?", fragte Conny.

„Ah, verstehe, das tut mir Leid, aber wie der Vater, so der Sohn. Ich habe Krebs im rechten Arm, den brauche ich neu. Lässt sich meine Hand noch verwenden?", so der Kunde. „Das ist nur ein geringer Kostenunterschied. Hier habe ich einen für sie, passender Arm mit Hand, die Daten stimmen überein!", sagte Conny und witterte ein Geschäft. „Da sie meinen Vater kannten, lasse ich ihnen 30 % nach!" „Okay, das ist ein Wort! In vier Tagen bin ich wieder bei ihnen. Im Krankenhaus lasse ich mir dann heute noch den Anschluss legen!" Nach vier Tagen kam der Kunde wieder zu Conny. „Die Wunde ist aber noch sehr frisch", meinte Conny. „Kein Problem, morgen habe ich einen Auftritt in der Menson-Halle, ich bin Country-Sänger. Die Gitarre werde ich nicht spielen können, das macht dann mein Sohn!", so der Käufer. Das Geschäft wurde abgewickelt, ohne Kontrolle, ohne Rechnung und ohne Namen.

In der Zeitung las Conny Tags später über das Country-Konzert. Es war glanzvoll und ausverkauft. Man sprach aber auch von drei toten Konzertbesuchern. Aber Conny interessierte dies wenig. In den nächsten Tagen und Wochen kamen immer wieder Kunden, die verätzte Arme und Hände hatten.

Bis auf die Knochen wirkte diese Säure, alles musste amputiert werden. Conny war glücklich, das Geschäft lief gut, die unkontrollierte Ware machte sich bezahlt. Eines Tages stand der Country-Sänger wieder vor Conny. „Hallo, stimmt etwas nicht, soll ich eine Einstellung vornehmen, damit das Gitarrenspielern besser klappt?", flachste Conny. „Im Gegenteil, alles Bestens. Meine Freunde hast du auch gut versorgt, wir sind wieder vollständig. Hier ist deine Bezahlung!" Der Countrysänger nahm den Revolver und erschoss Conny.

In den nächsten Wochen waren in der Öffentlichkeit immer wieder Horrormeldungen zu hören. „Wieder wurden 36 Leichen entdeckt! Die ehemalige Gang des Massenmörders Big Dan Welley schlachtet Kleinstadt ab! Mit seinen 8 Gefolgsleuten mordet er im ganzen Staat! Mittlerweile sind es 177 Tote! Die Polizei hat noch keine Täterbeschreibung! Obwohl die Gruppe vor 12 Monaten durch den elektrischen Stuhl getötet wurde, leben sie durch ihre Arme weiter! Der Besitzer, der diese Arme verkaufte und die Mörder identifizieren könnte, wurde eliminiert!"

Das Gesetz wurde weiter verschärft. Heute dürfen nur noch Krankenhäuser, die dem Body Control Office unterstehen, solche Verkäufe durchführen.

Die Täter sind immer noch nicht gefasst. Es sind mittlerweile über 500 Tote!

Das Auge

Woran denken Sie, wenn Sie sich im Badezimmer die Hände waschen? Nach der Rasur die Barthaare wegspülen? Den Zahnbecher mit Wasser füllen? Nichts? Oder: Komme ich zu spät zur Arbeit? Auf keinen Fall, dass Sie beobachtet werden, schließlich lässt sich die Badezimmertür absperren! Nun, genau dies dachte sich wohl auch Angela McCorby… oder auch nicht! Was ist geschehen? Durch einen Defekt, keiner weiß, wie es passieren konnte, ist Abwasser in die Frischwasser-zufuhr des Hauses an der Lincoln Street 55 eingedrungen. Lediglich stellte man bislang fest, dass Abwasser der naheliegenden Industrie-Unternehmen in den Garten der McCorby's gelang.

Wie jeden Morgen war Angela die letzte im Haus. Noch schnell die Küche aufgeräumt, die drei Kids hinterließen wieder eine Großbaustelle, nun noch das Badezimmer gereinigt, danach ging es ab ins Büro. Der Ablauf fand auch wie immer so statt. Nur, was glitzerte dort im Siphon des Waschbeckens im Badezimmer? Hat ihre Tochter Diana etwa einen Ohrring verloren? Angela schaute sich das glitzernde Etwas genauer an. Immer näher und näher schaute sie in das Waschbecken.

Plötzlich sprang ihr etwas ins Auge, es war wohl ein Wassertropfen. Alles schien okay… nun ab ins Büro. Tage später bemerkte Angela, dass sich ihr Augenlicht auf dem rechten Auge verschlechterte.

Auch eine Verfärbung und Verdickung stellte sie fest. Zunächst bekämpfte Angela das Übel mit Augentropfen. In der Nacht hatte Angela schlimme Albträume, ihr Ehemann Stan weckte sie oft. Morgens konnte sich Angela an alle Vorkommnisse im Traum erinnern. Eigenartiger Weise sah sie immer Leichen vor ihrem sogenannten „Dritten Auge". Auch am Tag, und in der Nacht sogar Gesichter.

„Da reicht nun nicht mehr ein Augenarzt!", flachste Stan. „Da musst du wohl zum...!" „Sprich nicht weiter!", stoppte ihn Angela. Mit den Tagen veränderte sich Angela. Sie trug nun eine dunkle Sonnenbrille, sie verhielt sich auch sehr zurückgezogen. Nun reichte sie auch noch unbezahlten Urlaub ein. Die Hausarbeit erledigte Angela nur noch mit Widerwillen. Als ihr auch noch mehr Haare ausfielen, quartierte sie sich im Gästezimmer ein.

Die Tage vergingen. Die Kinder wurden vom Vater versorgt, Angela kam nicht mehr aus dem Zimmer, sie schloss sich ein. Die Familie sorgte sich sehr, auch Dr. Miller, Hausarzt der Familie, wurde nicht von Angela empfangen. Eines Nachts machte sich Stan daran, mit einem Draht den Schlüssel der Tür auf den Fußboden fallen zu lassen. Vorher schob er ein Blatt der Tageszeitung unter die Tür durch. Es klappte, der Schlüssel fiel auf das Blatt, langsam zog Stan nun das Blatt mit dem Schlüssel zu sich. Vorsichtig und leise öffnete er die Tür. Nun schlich er zum Gästebett, Angela schlief fest, sie stöhnte. Sie trug eine Augenklappe, ihr Gesicht war geschwollen. Vor dem Bett lagen ihre wunderschönen Haare, alle waren ausgefallen. Stan erschrak, er nahm die Augenklappe von Angelas Kopf ab und schaltete die Nachttischlampe ein. Eine Todesangst hatte Stan, als er die verschrumpelte Gesichtshälfte mit den Narben und Pocken sah. Angela schlief weiter, stöhnte dabei, aber ein Auge schaute Stan an, es war ein grauenhafter Anblick, das war kein Auge, es war ein ganzer Organismus mit Augen und Mund. „Bezahlen werdet ihr alle dafür, bezahlen!", quietschte es aus dem verunstalteten Mund. Stan rannte aus dem Haus und übergab sich. Sofort rief er den Sheriff. Das FBI schaltete sich ein. Die Familie und das ganze Anwesen wurden unter Quarantäne gestellt. Spezialisten der AREA 51 behandelten sie. Verschwiegenheit wurde angeordnet.

Ja, nun sind sechs Monate vergangen. Angelas schönes Gesicht konnte nicht gerettet werden, die plastische Chirurgie tat aber ihr Möglichstes. Aber sie lebt und die ganze Familie wohnt nun in Canada.

Sie fragen nach der Ursache des ganzen Dramas? Man vermutete außerirdische Wesen. Dem war nicht so. Eine der Firmen arbeitete mit hochgradigen Säuren. Sicherheitsvorschriften wurden nicht eingehalten. Arbeiter, die in Säurebecken fielen, wurden im Erdreich entsorgt. Arbeiter, die sich verätzten, wurden umgebracht. Arbeiter, die darüber reden wollten, wurden ebenfalls umgebracht. Eine Lebensform entwickelte sich eigenständig in der Säure durch die Toten. Auf dem Betriebsgelände wurden 186 Leichen gefunden, 34 Jahre gab es diesen Betrieb, wer weiß, was noch alles ans Tageslicht kommen würde. Der Besitzer stürzte sich am Tag der Durchsuchung in eines der riesigen Säurebecken.

Das Unheil kam aus dem Labor

Ich war ein junges Mädchen und lebte mit meinen Eltern in einem Vorort von New York. Brooklyn war meine Heimat. Ich fühlte mich wohl dort, hatte meine Freunde und ging hier zur Schule. Dieser Stadtteil ist nicht gerade der Ort, auf den man besonders stolz sein könnte. Arbeitslosigkeit und Kriminalität dominierten das Straßenbild. Nachdem ich mein Studium in Boston begann, blieb kaum noch Zeit, mich um meine Eltern zu kümmern. Sie wollten unbedingt in Brooklyn alt werden und waren nicht zu bewegen, in eine andere Stadt zu ziehen. Während der Semesterferien besuchte ich meine Eltern Jeff und Mary Watson oft. Mein Name ist Linda. Geheiratet habe ich nie und heute denke ich, es war wohl besser so. Ich habe immer schon die Turbulenzen in meinem Leben geliebt und glaube, dass dies wohl niemand mit mir geteilt hätte. Meine Doktorarbeit schrieb ich mit links. In einem wissenschaftlichen Institut für Meeresbiologie war ich kurz darauf angestellt und konnte frei entscheiden, was zu tun war. Mit der Untersuchung von seltenen Meeresgeschöpfen begann meine Arbeit. Weder ich, noch meine Kollegen, konnten damals ahnen, was uns noch erwartete. Die Arbeit machte mir große Freude, jedoch habe ich mir geschworen, nie mehr einen Fisch zu untersuchen. Zu groß wäre die Angst, wieder böse überrascht zu werden.

Nun ja, an diesem Morgen dachte noch niemand an etwas Negatives. Ein Fisch musste in alle Einzelteile zerlegt werden. In einer speziellen Lösung mussten grundlegende Zusammensetzungen der Haut und der Eiweißstoffe erforscht werden. Das Blut wurde untersucht und alles wurde gründlich analysiert. Dieses Tier war unbekannt. Es kam aus einer unglaublichen Tiefe im Ozean, die zuvor noch nie mit einem U-Boot erreicht werden konnte. Erst zu diesem Zeitpunkt war es möglich, solch eine Tiefe mit einem speziellen Gefährt zu erreichen. Das Maul des Fisches hatte eigenartige Zahnreihen, die an ein menschliches Gebiss erinnerten. Seine Augen ähnelten einem alten Mann, der sehr müde war. Wenn ich nicht genau gewusst hätte, dass dieser Fisch tot war, hätte ich denken können, dass er mich jeden Moment anspringt. Nach einigen Untersuchungen stellte sich heraus, dass das Blut des Tieres ähnlich zusammengesetzt war wie das unsere. Doch einige Stoffe waren sehr ungewöhnlich. Um dies zu untersuchen, brauchte ich Zeit. Diese Zeit hatte ich leider nicht. Plötzlich rollte dieses Tier mit den Augen hin und her, als wenn es uns beobachten würde. Das tat er auch. Der Fisch bewegte das Maul, als wenn er reden wollte. Er fing wie wild zu zappeln an. Das Rollen der Augen und die Bewegungen des Maules deuteten darauf hin, dass er uns etwas mitteilen wollte. Es war wie in einem Horrorfilm.

Wir bekamen es alle mit der Angst zu tun und standen da wie angewurzelt. Die Stimme versagte uns. Schnell wollten wir diesen Spuk beenden. Doch ehe wir noch an etwas anderes denken konnten, platzte dieser Fisch komplett auf. Alle Eingeweide fielen heraus, aber auch ein Ei, das einem Hühnerei ähnelte. Der Horror nahm kein Ende, im Gegenteil. Das Telefon klingelte und meine Mutter Mary rief fast ungehalten vor Aufregung in den Hörer: „Linda, Linda! Vater hat…“ Sie sprach nicht weiter. „Bitte rede weiter!“, sagte ich zu ihr. „Was ist mit Dad?“ Sie sprach weiter: „Er brachte heute einen Fisch vom Angeln mit nach Hause.“ Sie redete wieder nicht weiter. „Ma, was ist los?“ „Dieser Fisch sah ungewöhnlich aus, ja gruselig. Er hatte menschliche Züge.“ „Und weiter, Ma?“ „Ja, das war nicht das Schlimmste. plötzlich zappelte er wie wild herum, obwohl er tot war. Und sein Körper platzte auf. Ein Ei, so groß wie ein Hühnerei rollte heraus. Mich schüttelt es!“, sagte meine Mutter. Ich sagte ihr, dass sie nichts anrühren sollte. „Lasst alles so liegen, bis ich euch jemanden vom Tierschutz geschickt habe“, sagte ich ihr eindringlich. „Und schließ den Raum gut ab, in dem dieses Untier liegt." „Ich will es so machen, Linda, ich habe furchtbare Angst." „Wir auch", sagte ich mit einer beruhigenden Stimme, zu der ich mich zwingen musste. „Hier im Institut ist der Horror ausgebrochen", sagte ich zu ihr. „Linda wir haben panische Angst!", sagte meine Mutter.

Ich versuchte sie zu beruhigen und empfahl ihr, das Zimmer abzuschließen, in dem sich der Fisch und das Ei befanden. Vorsichtig legte ich mit meinen Kollegen das makaber anmutende Ei in den Brutschrank. Der Fisch, obwohl er aufgeschnitten war, lebte immer noch. Aus seinem menschenähnlichen Maul kamen komische Laute. Er sagte so etwas wie: „Mein Auftrag ist erledigt. Niedergang der Menschheit." Sämtlichen Angestellten des Institutes stockte der Atem. Wir konnten und wollten nicht wahrhaben, was wir da hörten. Was war hier los? War es Realität oder Traum? Bei meinen Eltern in Brooklyn sah es schlecht aus. Plötzlich brach ein Stück der Schale aus dem Ei. Auch im Brutkasten des Instituts tat sich etwas Furchterregendes. Statt einer Feder oder einem Schnabel, wie man vermutet hätte, kam ein winziger Finger zum Vorschein. Keiner wagte sich zu bewegen und das Entsetzen konnte man in den Augen der Leute beobachten. Abermals wiederholte der Fisch das, was er vorher gesagt hatte. Schweigend schauten sich alle an. Das Ei im Brutkasten platzte wieder ein Stück auf. Und wir sahen den Teil einer menschlichen Schulter. Die Haut war gelb und verschrumpelt. Zotteliges Haar bedeckte die Haut. „Wir müssen etwas unternehmen!", rief Jack sofort. Er war meine rechte Hand im Institut. Wieder brach ein Stück Schale heraus. Ein ausgewachsener Mensch, wenn man das überhaupt so sagen konnte, kletterte heraus. Der Horror nahm kein Ende.

Erneut rief meine Mutter an. Das Wesen, das aus diesem Ei kletterte verwandelte sich innerhalb von Minuten in ein Monster von über zwei Metern. Es schrie wild: „Ich werde euch auslöschen. Ihr seid schon immer für unseren Planeten Andromega eine Bedrohung gewesen. Jetzt reicht es. Der Fisch war unser einziges Transportmittel, da wir aus den Tiefen der Ozeane kommen. Unsere Galaxie ist einzigartig. Nur durch die Meere können wir hier her kommen. Da Andromega unendlich weit von der Erde entfernt ist, haben selbst wir noch keine andere Möglichkeit gefunden zu euch zu kommen. Euren Müll schießt ihr ins All und alles landet auf Andromega. Wir ersticken daran. Wir hatten eine wunderbare Vegetation, die sich nun nicht mehr entfalten kann. Unsere Atmosphäre war rein. Die Luft konnte man atmen. Jetzt hängt ein ewiger Schleier über unserem Planeten. Was seid ihr nur für ein elendes Volk. Voller Gleichgültigkeit und Herrschsucht. Dachtet ihr denn, dass ihr auf Dauer so weiter machen könnt? Jetzt bin ich hier und werde diesen Planeten in Augenschein nehmen. Wir wollen hier leben, da es auf Andromega nicht mehr möglich ist. Nur eines stört gewaltig und das seid ihr, Menschenvolk. Ihr habt uns Schlimmes angetan und dafür müsst ihr bezahlen." Meine Mutter hatte den Hörer danebengelegt, sodass ich alles mit anhören konnte. Mir wurde schlecht. Meine Sinne schwanden und mir fiel es verdammt schwer mich zu konzentrieren.

Wir mussten nun schnell handeln bevor es zu spät war. Denn: Wie viele Eier sind schon auf diese Weise hier her gekommen? Wir konnten es nur ahnen. Auch im Institut spitzte sich die Situation dramatisch zu. Das Ei sprang weiter auf. Eine ekelige Gestalt kletterte heraus, die sich auch hier in Windeseile in ein zwei Meter großes Monstrum verwandelte. Jack konnte noch ungesehen in den Nebenraum verschwinden, um Hilfe zu rufen. Er rief den Präsidenten an, der anfänglich nicht glauben konnte, was er da hörte. Aber er veranlasste alles. „Bitte versucht in der Zeit diese Kreatur hinzuhalten“, sagte der Präsident. „Wir werden so schnell wie möglich da sein. Das Militäraufgebot ist schließlich riesig und nicht in Kürze zusammen zu ordern.“ Jack ging zurück ins Labor und gab uns ein Zeichen, sodass wir wussten, dass Hilfe kam. Da der Hörer in Brooklyn immer noch neben dem Apparat lag, konnte ich hören, was dort passierte. Meine Eltern schrien laut und verzweifelt und ich konnte nichts machen. Auch dort war Hilfe im Anmarsch. Meine Mutter weinte und rief immer den Namen meines Vaters. „Bitte lass uns zu Frieden!“, rief sie. „Wir können doch nichts dazu.“ Doch diese grausame Kreatur schleuderte meinen Vater vor die Wand, sodass er sofort tot war. „Jeff, Jeff!“, rief sie. Er gab keine Antwort mehr. Ein Grummeln und Grunzen war zu hören und ich betete, dass er meine Mutter leben lassen würde.

Im Labor baute sich das Monster vor den Mitarbeitern auf und sagte: „Nun ist es endlich soweit. Ich werde meinen Auftrag erfüllen und schauen, ob wir hier wohnen können. Alle Bewohner aus Andromega sind auf dem gleichen Weg unterwegs. Ihr werdet ausgerottet werden, denn dafür habt ihr uns zu viel angetan. Da wir alle diese Größe haben, könnt ihr nicht viel gegen uns ausrichten.“ Es grunzte und der Sabber lief ihm aus dem Maul. „Ha, ha“, sagte es. „Das wird euch nichts nutzen.“ Es nahm zwei meiner Kollegen, schleuderte sie herum und schlug sie vor die Wand, sodass sie sofort tot waren. Blut tropfte an den Wänden herunter. „Linda, Linda!“, hörte ich laut durch den Hörer. Plötzlich ein Aufschrei. Auch meiner Mutter konnte nicht mehr geholfen werden. Leider war in diesem Moment an Trauer nicht zu denken, denn ich musste aus der schlimmen Situation herauskommen. Nur wie? Ich sprach das Untier an: „Ich will dir einen Vorschlag machen, bitte hör mir nur einen Augenblick zu.“ Mir zitterte die Stimme, doch es durfte nicht merken wie schlecht es mir ging. „Wir wollen alles wieder gutmachen, was wir euch angetan haben. Wir werden euren Planeten wieder bewohnbar machen", sagte ich mit zitternder Stimme. „Aber wie wollt ihr uns erreichen?", fragte das Wesen. „Die NASA hat geheime Informationen darüber, wie man auch sehr weit entfernte Planeten erreichen kann. Lichtgeschwindigkeit ist schon kein Thema mehr. Informationen wird der Präsident mitbringen." „Ich werde mir anhören was er zu sagen hat", sagte das Wesen.

Einige Minuten später wurde das Institut umstellt und die Tür zum Labor aufgerissen. Soldaten mit schweren Maschinenpistolen feuerten von allen Seiten auf das Ungeheuer. Es fiel nicht um, sondern löste sich in Nichts auf.
„War das alles nur ein Traum?", fragte ich.
„Nein!", antwortete Bob, ein Kollege, der gerade seinen Doktor in Biologie gemacht hatte. „Leider haben wir die Realität erlebt.
Nur wissen wir nicht, wie viele von diesen scheußlichen Gestalten schon unter uns sind."
Überall in den Staaten wurde der Notstand ausgerufen, die Menschen sollten bei dem kleinsten Verdacht den Präsidenten und das Militär benachrichtigen. Meine Eltern hatte ich verloren, das konnte ich nicht mehr rückgängig machen. Aber ich hatte eines verstanden. Wir Menschen müssten endlich begreifen, dass wir nicht einzigartig sind, dass wir mit dem, was wir haben, nicht sorglos umgehen könnten. Und wer weiß, wie lange es noch dauern würde, bis wir selbst uns einen anderen Planeten suchen müssten, damit die wir weiter existieren könnten. Halten wir den Weltraum sauber und lernen wir endlich Zurückhaltung und Demut für das, was uns geschenkt wurde.

Der Opfergang

Die Inspektoren Bob Nelson und Nick Brando hatten im Stadtteil Manhattan ein kleines Büro. Dieses Büro suchten nur ganz bestimmte Leute mit besonderen Problemen auf. An der Tür stand „Police" und darunter in kleiner Schrift „Geisterjäger". Kleine Schrift wurde aus dem Grundgenutzt, dass es nicht jeder auf Anhieb lesen sollte, denn sie schämten sich für ihre fast unglaubhafte Arbeit. Aber in den letzten Jahren waren zu viele mysteriöse Dinge geschehen, die auch einen erfahrenen Geisterjäger schockierten. Immer wieder wurden sie gerufen. Nur Bob Nelson und Nick Brando hatten sich jedes Mal bereiterklärt zu helfen. Im Laufe der Zeit spezialisierten sie sich auf dem Gebiet der Geisterjagd. Nichts entging ihrer Aufmerksamkeit. Aber fast immer gewannen sie den Kampf gegen das Böse. An diesem Oktobermorgen,   es war noch dunkel und nebelig, klopfte es heftig an der Bürotür.
Beide erschraken und richteten den Blick zur Tür. Sie wussten, dass wieder Arbeit auf sie wartete.

„Herein!", rief Nelson. Ein junges Paar betrat den Raum. Kreidebleich im Gesicht, fingen sie fast gleichzeitig an zu reden: „Drüben am Waldrand, haben wir uns ein Haus gekauft. Wir wollten dort wohnen, bis wir alt werden. Außerdem ist meine Frau schwanger.", sagte der Mann.

Das Haus wäre groß genug für eine Familie. „Am ersten Abend, nachdem wir eingezogen waren, spielte sich nichts Ungewöhnliches ab. Aber am nächsten Tag ging es los. Der Horror begann. Seit einigen Wochen ist dieses Haus unser Zuhause, dachten wir jedenfalls. Ruhe fanden wir bisher nicht. Unsere ganzen Ersparnisse sind für den Kauf des Hauses draufgegangen. Wo sollten wir sonst hin?" „Sachte, immer sachte", sagte Bob Nelson in seiner lässigen Art. „Jetzt beruhigen sie sich doch etwas und erzählen sie uns in aller Ruhe, was geschehen ist." Anne Baker sprach: „Ich ging eines Morgens in die Küche, wollte mir einen Kaffee machen. Mein Mann fuhr sehr früh ins Büro. Ich war allein im Haus. Ich weiß nicht, ob ich überhaupt was sagen soll. Sie werden mir bestimmt nicht glauben. Auch das, was mein Mann ihnen sagen will, klingt irgendwie unglaubhaft." Nick Brando antwortete: „Aber Miss Baker, dafür sind wir doch da, um gerade solche Fälle zu klären." Nun sprach sie weiter: „Es stand, wie aus dem Nichts, eine Frau im Nonnengewand vor mir. Sie glotzte mich mit weit aufgerissenen Augen an und krächzte hysterisch und bösartig: Wir wollen dein Kind, wir werden es uns holen, wenn es soweit ist. Dann war sie plötzlich wieder verschwunden …

… Am Abend erzählte ich es meinem Mann, doch so recht glaubte er mir nicht und schob es auf meine Schwangerschaft. Nein, nein antwortete ich ihm, mein Verstand hat mir keinen Streich gespielt. Ich habe sie wirklich gesehen. Roger nahm mich in den Arm und riet mir, darüber zu schlafen. Aller ein paar Tage tauchte von da an diese wahnsinnige Nonne auf. Nicht nur in der Küche überraschte sie mich, sondern überall dort, wo ich mich gerade aufhielt. Mittlerweile glaubt Roger mir." „Das klingt alles sehr unglaubwürdig, ist aber nichts Neues für uns. Solche Fälle hatten wir hier in den letzten Wochen mehr als genug", meinte Nick Brando.

„Nun ja", fuhr Roger fort, „ich ging in den Keller. Da ständig die Sicherungen herausflogen, wollte ich nachsehen, was da los ist. Da standen sie im Kreis. Sechs Nonnen. Es war ein Zeichen auf dem Boden gemalt, aber ich konnte es nicht erkennen. Es war zu dunkel. Monotone Sprechchöre waren zu hören, so etwas wie eine Beschwörung. Schwarze Kerzen leuchteten an den Wänden des Kellergewölbes. Auf einmal ging eine der Nonnen weg. Sie verschwand einfach durch das dicke Mauerwerk. Wenig später kam sie mit einem Säugling auf dem Arm wieder. Wenn ich es nicht mit eigenen Augen gesehen hätte, könnte auch ich es nicht glauben.“

Die Angst stand ihm ins Gesicht geschrieben. „Reden sie weiter, Mister Baker“, sagte Bob Nelson locker wie immer. Roger stotterte hektisch: „Sie legte das Kind in die Mitte des Kreises und sprach eine Beschwörungsformel. Als das Kind schrie, wurde es sofort umgebracht. Das ganze Spektakel dauerte eine halbe Stunde. Anschließend löste sich alles vor meinen Augen in Luft auf. Meine Selbstbeherrschung hatte ich nicht mehr im Griff, als ich nach oben ging. Der Strom schaltete sich wieder ein, ohne dass ich eine neue Sicherung brauchte.“ „Mein Gott!“, sagten beide Inspektoren fast gleichzeitig, „Das ist ja mehr als grauenhaft.“ Anne Baker weinte. „Ich habe Angst um das Baby, was sollen wir nur tun?“ „Miss Baker, genau dafür sind wir da, bitte machen Sie sich keine Sorgen“, sagte Bob. „Geister müssen, um sie unschädlich zu machen, ignoriert werden. Einfach nicht beachten, wenn es wieder geschieht. Gehen Sie nun erst mal nach Hause. Warten Sie ab, wir werden uns in den nächsten Tagen bei Ihnen melden, sobald wir etwas herausgefunden haben.“ Roger und Anne Baker gingen Hand in Hand zu ihrem Auto, setzten sich in den alten Ford und fuhren weg. Wieder ereignete sich Tage später etwas Grausames im Hause der Bakers. Sie wollten gerade ins Haus gehen und mussten feststellen, dass die Haustür offenstand. Bluttropfen waren zu sehen.

Sie befanden sich überall an den Wänden und auf den Teppichen. Sogar die Möbel waren beschmiert. Anne schrie laut und konnte sich nicht beruhigen. Roger versuchte seiner Frau klarzumachen, dass sie schwanger war und an das Kind denken sollte.

Er versuchte das Blut abzuwischen, doch es kam immer wieder durch. Eine große Schrift mit Blut geschrieben tauchte an der Wand auf. Es stand darauf: „Wir werden dein Kind holen. Denke nicht, du bleibst verschont." Dann plötzlich waren die Schrift und die Blutsflecken verschwunden. Anne und Roger liefen hinauf in ihr Schlafzimmer, schlossen sich ein und kauerten engumschlungen im Bett. Keiner von den beiden traute sich, etwas zu sagen. Die Tage vergingen ohne besondere Zwischenfälle. Inspektor Bob Nelson und Nick Brando forschten eifrig und fanden heraus, nachdem sie fast alle Ämter, Kloster, Stadthäuser und Archive abgegrast hatten, dass dort, wo sich das Haus der Brandos befand, vor einhundert Jahren ein Kloster stand. Die Nonnen die darin lebten, hielten schwarze Messen in den Kellergewölben ab. Als Geschenk für den Herrn, so nannten sie den Teufel, opferten sie neugeborene Kinder. Die Babys bekamen sie von misshandelten Frauen, die im Kloster Schutz suchten. Dabei gingen sie brutal vor. Sie entrissen ihnen regelrecht die Kinder.

Die Nonnen warteten erst gar nicht den Geburtstermin ab, sondern schnitten den Müttern einfach den Bauch auf und holten das unschuldige Lebewesen heraus. Meistens starben die Frauen und wurden dann in den Wänden eingemauert. Keiner fragte nach ihnen, sie wurden nie vermisst. Nun waren die beiden Inspektoren gefragt. Durch die Erfahrung, die sie im Laufe der Zeit machten, wussten sie genau, wie sie sich in solchen Situationen verhalten mussten. Nelson und Brando fuhren los, bepackt mit Utensilien, die der Geisterbekämpfung dienten. Am Haus der Bakers angekommen, fanden sie zwei Menschen vor, die kaum noch ein klares Wort sprechen konnten. Sie zitterten am ganzen Leib und erzählten, was in den letzten Tagen passiert war. Die Geisterjäger, so nannten sich die beiden Männer, gingen an die Arbeit. Nick sagte noch: „Bitte packen Sie das Nötigste ein, Sie werden vorläufig in ein Hotel gehen. Sie bleiben so lange dort, bis wir Sie rufen." Für Nick und Bob begann jetzt der schwierige Teil. Sie warteten die Dunkelheit ab. Etwas mulmig war ihnen schon, zumal sie in Erfahrung gebracht hatten, welche grausamen Dinge an diesem Ort einst geschahen. Nick stellte eine Infrarotkamera auf und schaltete sie ein. Bob montierte noch gerade ein Geräuschaufnahmegerät, das auch die feinsten und leisesten Töne aufzeichnete. Plötzlich hörten sie mystische Gesänge. Sie gingen in den Keller. Sprechchöre und Beschwörungsformeln drangen an ihre Ohren.

Sie trauten ihren Augen nicht. Das, was sie sahen, ließ sie vor Schreck erstarren. Eine Teufelsanbetung mit sechs Nonnen die sich im Kreis aufgestellt hatten. In der Mitte des Kreises weinte ein Baby. Die Nonne ging hin und schrie: „Hör auf zu jammern du armselige Kreatur." Sie klebte dem Säugling den Mund zu, bis es sich nicht mehr bewegte. Die Gesänge wurden immer eindringlicher. „Wir müssen handeln Bob", flüsterte Nick. Noch ehe der Gedanke zu Ende gedacht war, tauchte über den Nonnen, oberhalb des Deckengewölbes, ein riesiger Kopf auf. Grausam verzerrt die Fratze, feuerrote Augen und Blut rann ihm aus dem Maul. „Der Teufel persönlich", sagte Bob. „Ich werde mindestens ein Jahr lang Albträume haben. Wir brauchen Feuer. Alles muss verbrannt werden." Nick fand einen Kanister mit Benzin in der anderen Ecke des Kellers. Sie schütteten alles auf den Boden. Damit es heftig brennen konnte, trugen sie Pappe und Papier zusammen. Es brannte lichterloh, die Flammen schlugen gnadenlos zu und fraßen sich durch das ganze Haus. Dann vernahmen sie noch eine Stimme, die hysterisch schrie: „Freut euch nicht zu früh, wir kommen wieder!" Nick und Bob mussten von der Straße aus mit ansehen, wie das Haus niederbrannte. „Es ist wohl besser so", meinte Nick.

Roger und Anne bekamen ein Ersatzhaus. Dafür sorgten die Bewohner des Stadtteils. Sie spendeten und gaben dem jungen Paar alles, was sie erübrigen konnten. Alle hielten fest zusammen, denn jeder konnte der nächste in diesem Gruselkabinett sein. Das neue

Haus stand am anderen Ende des Stadtteils. Es war zwar etwas baufällig, aber alle packten mit an, um es wieder herzurichten. Mit Kleiderspenden und gebrauchten Möbeln wurden sie versorgt. Lange würden sie brauchen, um darüber hinwegzukommen. Aber sie lebten, und nur das war wichtig.

Ob es nun im Stadtteil Manhattan in Zukunft ruhiger werden würde, wusste man nicht so genau. Jedoch Nick und Bob hielten sich stets bereit, um jederzeit den Kampf mit dem Bösen aufzunehmen.

Der Ring – Die Welt der Tepto

Der kleine Bauernhof in Süd-Schweden brachte nicht viel ein. Hanna und Erik Lörensen verkauften ihre wirklich gute Ware mit wenig Gewinn. Nun, dafür hatten sie ihre Stammkundschaft, verhungern würden die Lörensen nicht. Erik schaute sich heute auf dem Feld die Kartoffeln an. Mitten auf dem Feld bemerkte er, dass die Ernte dort sehr schrumpelig umher lag. Alle anderen Kartoffeln sahen wie immer prächtig aus. Etwa zehn Quadratmeter aber waren verdorben. Erik dachte, dass die Bewässerung dort nicht funktioniert hätte und ging der Sache auf den Grund. Genau im Zentrum fand er einen etwa sechzig Zentimeter tiefen Krater. So etwas war ja bekannt, es würde sich um einen kleinen Himmelskörper handeln. Erik kniete nieder und suchte nach einem Meteoriten. Doch einen solchen fand er nicht. Erik dachte, dass bereits ein Meteoriten-Jäger den Fund geborgen haben könnte. „Oh, was sehe ich, er hat wohl seinen Ring dabei verloren.", freute sich Erik. Er funkelte nicht nur, er leuchtete regelrecht, er war golden, einen Stempel oder eine Punze konnte Erik allerdings nicht entdecken. Wie kleine Leuchtdioden strahlten die Lichter, aber es waren keine LED zu entdecken, der Ring strahlte von innen durch das Metall. „Na, egal!", dachte sich Erik. Schon Ewigkeiten hatte er seiner Frau nichts mehr schenken können.

Bis zu ihrem Geburtstag in zwei Monaten wollte Erik mit dem Geschenk nicht warten. Vielleicht würden dem Ring die Batterien ausgehen!

Am Abend bereitete Hanna Bratkartoffeln mit Köttbullar. Sie selbst aß zwar lieber Kartoffelpüree dazu, aber Erik liebte Bratkartoffeln mit viel Speck. „Mein Schatz, schon lange habe ich dir nichts mehr schenken können", sagte Erik mit leiser Stimme. „Nein!", fiel ihm Hanna ins Wort. „Deine Liebe erhalte ich jeden Tag!" „Das ist lieb von dir, aber mit diesem Ring will ich vieles gut machen!", fuhr Erik fort. Hanna freute sich riesig, er passte auf den Mittelfinger. Bei dem anschließenden Fernsehprogramm musste Hanna die Hand unter ein Kissen legen, so hell strahlte der Ring. „Ach, Hanna, irgendwann sind die Batterien leer, dann wird er dunkler!", flachste Erik. Tage vergingen, die Ernte war eingefahren, Hanna verkaufte die frische Ware im kleinen Ladenlokal. Jeder bestaunte den Ring, nur, abnehmen konnte Hanna den Ring nicht mehr. Mit jedem Tag, der verging, wurde Hanna schwächer. Erik bemerkte auch, dass seine Frau schneller alterte. Die Haut veränderte sich. Beide suchten einen Arzt auf. Zu einer großen Untersuchung wurde Hanna in ein Krankenhaus eingewiesen. Man fand nichts.

Die Ärzte vermuteten eine Überarbeitung. Mit einer Gesichtscreme versuchte Hanna gegen die immer stärker werdenden Falten anzugehen. „Es wird wohl die Sonneneinstrahlung auf dem Feld sein, ich hätte auch besser einen Strohhut tragen sollen", sagte Hanna beim Abendessen zu Erik. Erik fiel im Laufe der Zeit auf, dass Hanna nicht schwächer wurde, sondern sie veränderte sich rein körperlich. Hanna ging gebückter, ihr Haarwuchs verstärkte sich, die Haut wurde blasser, aber Hanna entwickelte eine enorme Kraft. Kartoffeln, die sie in die Hand nahm, zerquetschte sie locker. Trotzdem verkaufte Hanna noch im Ladenlokal. Erstaunlicher Weise veränderte sich auch ihre Kundschaft. Nicht so gravierend, nicht so schnell, aber sie veränderte sich.

Erik erschrak eines Nachts, als Hanna im Traum Worte stammelte, die er nicht verstehen konnte, auch die Stimmlage änderte sich. „Rusch kermonex komenex!", sagte sie mit tiefer Stimme. Erik rüttelte seine Frau wach. Morgens stand Erik müde und gebrochen auf. „War das eine Nacht", sagte er zu seinem Spiegelbild. Aber Erik erkannte sich kaum wieder. Seine Haut war schrumpelig, seine

Haare enorm gewachsen. Ganz gleich, ob er seine Zahnbürste oder den Rasierer in die Hand nahm, er zerdrückte alles zu Staub.

Die Ereignisse überschlugen sich von nun an. Erik ging zum kleinen Ladenlokal. Auf dem Weg dorthin verabschiedete sich Frau Sörensen mit den Worten: „Norex rusch demeto!" Erik antwortete: „Rusch kermonex komenex rieh!" Weitere Kunden verabschiedeten sich. Sie zogen schließlich von Schweden weg. Sörensens gingen nach England. Die Lornsens nach Frankreich. Nils und seine Familie zog es nach Spanien. Am Abend gab es wieder Bratkartoffeln und Köttbullar. Hanna und Erik unterhielten sich, aber nun in einer anderen Sprache. Damit wir alle daran teilnehmen können, hier die Übersetzung: „Unsere Lebensform ist nun eingegliedert! Sobald sich die Körper an unseren Geist und Gestalt gewöhnt haben, können wir noch viele Jahre hier Leben und uns fortpflanzen!", sagte Hanna. „Ja, unsere ach so kleine Welt, der Tepto, das ist ja extrem kleiner als Milli, Piko und Nano, kann endlich wieder leben. Nun existieren wir in riesigen Körpern.", fügte Erik hinzu. Der Ring war ein kleines Raumschiff mit weiteren Besatzungsmitgliedern, nun löste er sich von Hannas Finger. Es blieben nur ein Dutzend kleiner Einstiche übrig, die wieder heilen würden. Die Lichter strahlten hell, das Raumschiff hob ab, um neue Welten zu besiedeln… Ja, sie sind unter uns!

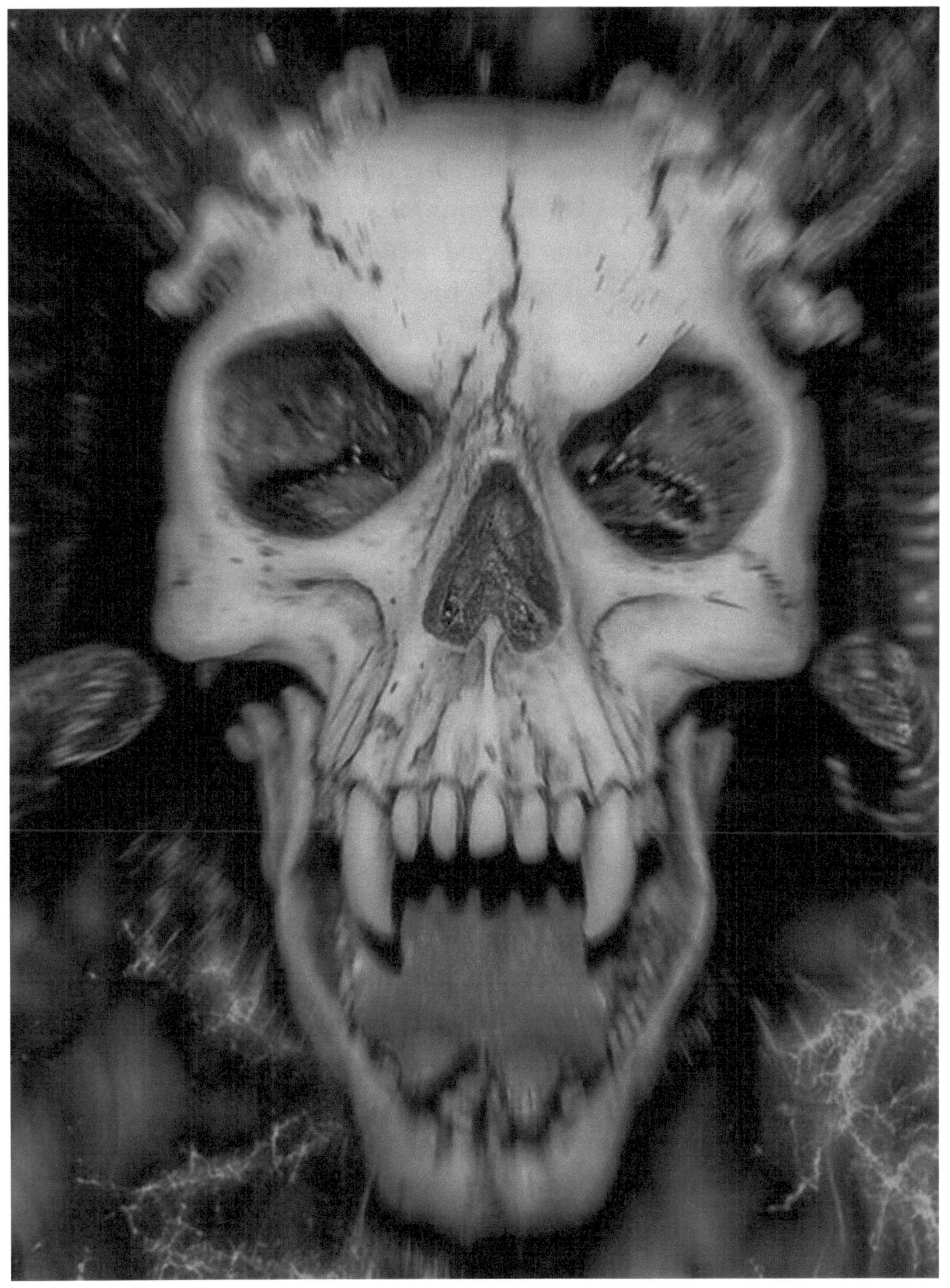

Der Schrecken der Nacht

Inspektor Tom Bloom fuhr wie jeden Morgen durch den Stadtteil Chinatown, um nach zwielichtigen Gestalten Ausschau zu halten. Sein Assistent Jeff Nixon war immer bei ihm. Tom regte sich ständig über ihn auf, denn dessen Art Kaugummi zu kauen, hatte der in den dreißig Jahren, die er mit ihm Dienst schob, nicht abgelegt. Plötzlich eine Durchsage: „Fahrt schnell in den Hyde Park, dort ist wieder eine Person tot umgefallen." Tom Bloom und Jeff Nixon fuhren sofort los. Nixon meinte: „Wieder jemand, der sich einen Streich erlaubt hat. In den letzten Monaten starben viele Menschen aus heiterem Himmel, einfach so. Sie müssen aber vorher noch etwas gesehen haben. Denn ihre aufgerissenen Augen deuten auf ein schreckliches Erlebnis hin." Was erwartete nun Tom Bloom und Jeff Nixon im Heyde Park? Drüben in Down Town lag ein junges Ehepaar tot, mitten auf dem Gehweg, in einer Seitenstraße. Eng umschlungen, ja fast schon ineinander verkrampft, mit weit vor Angst aufgerissenen Augen. Der Inspektor und Jeff stiegen aus ihrem alten Caddy aus und gingen zu der Stelle, an der das Pärchen lag. Entsetzen lag in Blooms Augen, als er die Leichen sah. Da war nicht nur das junge Paar, dort lagen auch zwei kleine Kinder, ebenfalls mit weit aufgerissenen Augen.

Seit Monaten riss diese Serie nicht ab. Was war hier los? Im Police Departement angekommen, setzten sich Bloom, Nixon und die anderen zusammen. Sie beratschlagten was zu tun sei. Keiner konnte einen konkreten Vorschlag machen. Nur eines konnten sie ausschließen: Mord und Diebstahl. Auch durch Krankheit oder Altersschwäche umgekommene Personen kamen nicht in Frage. „Zuerst einmal muss der Hyde Park bewacht werden", meinte Jeff. „Am besten Tag und Nacht. Wir könnten ja versteckt an verschiedenen Stellen Nachtsichtkameras aufstellen, sodass man sie

nicht bemerken kann." Inspektor Nixon und seine Leute fanden die Idee großartig, meinten aber: „Die Todesfälle sind doch in verschiedenen Stadtteilen vorgekommen und Boston ist nicht gerade eine kleine Stadt. Alles kann bestimmt nicht überwacht werden."
Tom Bloom ärgerte sich über ständige Zweifler und schimpfte lautstark: „Verdammt noch mal, ihr Pfeifen, wenn wir nichts tun, kommen wir nie dahinter was hier passiert. Ich will euer Gejammer nicht hören, fangt endlich an. Ich will so schnell wie möglich Ergebnisse auf dem Tisch liegen haben. Und Sie Nixon, nehmen Sie endlich den Kaugummi aus dem Mund." Am Abend wurden Kameras im Park verteilt. Sie waren so klein, dass man sie nicht sehen konnte. Am Tag darauf war die Enttäuschung groß, denn es war – wie zu erwarten – nichts zu sehen. Ein Raunen und Seufzen war zu hören. „Mein Gott, bitte meine Herren, etwas Geduld müssen wir schon haben." Zwischendurch, wieder ein Anruf. Abermals, schon das zehnte Mal in einem Monat, dass ein Mensch zu Tode gekommen war. Der Inspektor und Jeff Nixon ließen alles stehen und liegen und fuhren sofort los. „Haben Sie noch Worte für das was hier passiert, Jeff?" „Nun, ich kann mir absolut keinen Reim daraus machen." Als sie ankamen lag da ein junger Mann. Wieder hatte der Tote weit aufgerissene Augen. Die Leute müssen kurz vorher etwas Schreckliches gesehen haben, denn auch die Haare der Leichen waren stellenweise grau. Im Caddy unterhielten sich die beiden: „Hören Sie mal Jeff, wenn Ihnen meine Art auf den Nerv geht, dann sagen Sie es bitte. Ich meine es nicht böse, wissen Sie."
Tom Bloom grinste breit übers ganze Gesicht. „Aber Chef, ich weiß doch wie Sie es meinen", sagte Nixon. „Übrigens können Sie du zu mir sagen, denn ich glaube, dass was wir zusammen schon erlebt haben, hat uns irgendwie zusammengeschweißt", meinte der Inspektor. „Aber mit dem Kauen hörst du auf, Jeff, ja?" Er lachte dabei herzlich.

Wieder vergingen Tage des Wartens und auf den Kameras war immer noch nichts zu sehen. „Scheiße, Mann!", schrie Bloom. „Das ist doch nicht möglich."

Aus anderen Stadtteilen gingen Anrufe in China Town ein. Inspektor Bloom wurde hellhörig und ungehalten gleichzeitig. „Was gibt's denn bei euch an Neuigkeiten!", schrie er fast hysterisch in die Muschel des Telefons. „Nur die Ruhe Tom, ich bin es, Jim Tailer aus Dorchester." „Ach du bist es, Jim, entschuldige meinen Tonfall, bin ein bisschen überarbeitet, nach dem, was hier in den letzten Monaten passiert ist, kein Wunder." „Tom, hör' mir mal aufmerksam zu, es ist wichtig, was ich nun sage. Bei mir ist gerade gemeldet worden, dass mehrere Leute während eines Spaziergangs eine Totenkopfgestalt gesehen haben wollen. Muss grausam gewesen sein. Rote Augen, zirka 1,90 Meter groß und breit grinsend. Ich kann mir gut vorstellen, dass man da vor Schreck tot umfallen kann. Wenn es das ist, was ich vermute." „Gut, danke Jim, ich bin froh dass du angerufen hast, so haben wir wenigstens einen Anhaltspunkt. Wir werden sehen, ob was an der Geschichte dran ist." Tom legte kreidebleich den Hörer auf und rief Jeff zu sich. „Brauchst mir nichts zu sagen Tom, ich hab alles mitgehört. Jetzt müssen wir wirklich alles daran setzen, um die Sache aufzuklären.

Nur Geister und Knochenmänner lassen sich sehr schlecht einfangen", witzelte Nixon. „Eigentlich glaube ich nicht an so was", sagte der Inspektor. „Leider müssen wir der Sache nachgehen."

Einige Tage später bekam Tom Bloom einen Anruf. Er wusste schon, was jetzt kam. Es wurde wieder eine Leiche gefunden – in der Nähe der Howard University. Eine junge Studentin, sie hatte noch alles vor sich. Was führte dieses Monster im Schilde, was bezweckte es und wer war es? Tom und Jeff warfen sich in den alten Caddy, sodass die Stoßdämpfer ein lautes Knacken von sich gaben. An der University

angekommen, sahen sie das junge Mädchen auf dem Gehweg liegen. Die Augen quollen dem armen Ding aus dem Kopf. Das Grauen war im Gesicht des Mädchens zu erkennen. Ein zusammengefaltetes Stück weißes Tuch lag daneben. Der Inspektor faltete das Tuch auseinander und hätte fast vor Schreck alles fallen gelassen. Mit Blut stand dort geschrieben: „Ich, Natas, werde die Welt für mich gewinnen. Niemand von euch wird jemals eine Chance haben. Ach was seid ihr doch ein dummes Erdenpack. Ich verkörpere das Böse in Form von vielen Gestalten. Ihr werdet es nicht schaffen, mich zu bekämpfen. Ich werde immer gewinnen. Natas wird nie unter gehen ha, ha, ha!"
Auch Jim Tailer aus Dorchester musste mit dem Bösen Bekanntschaft machen. Eines Abends, er hatte Dienstschluss, ging er zu Fuß nach Hause. Sein Dienstwagen war zur Inspektion. Es war stockdunkel, denn in dieser Gegend waren immer sämtliche Laternen zerstört. Kein Wunder, denn hier lebte der letzte Abschaum. Trotzdem Jim den Weg zu seiner Wohnung mit geschlossenen Augen finden würde, hatte er auf einmal panische Angst. Ihn verließ der Mut. Er hörte hinter sich ein eigenartiges Geräusch. Er drehte sich um und vor ihm stand ein 1,90 Meter großer Knochenmann mit glutroten Augen und einem Bischofsstab in der gruseligen Hand mit den langen Knochenfingern. Er grinste breit und lachte hämisch. „Hab ich dich endlich du Taugenichts. Was hast du denn schon in deiner gesamten Polizisten Laufbahn erreicht? Wie viele Fälle hast du aufgeklärt? Ich muss lachen. Ich glaube, wohl kaum der Rede wert. Jetzt hörst du mir einmal gut zu Jim Tailer." Jim war standhaft, obwohl ihm fast schwarz vor den Augen wurde, riss er sich zusammen, denn er musste einen klaren Bericht abliefern. Wenn er überhaupt noch dazu kam. Die Gestalt sprach mit einer krächzenden, boshaften Stimme: „Wenn ihr nicht aufgebt, hinter uns herzujagen, wird euch Schlimmes widerfahren.

Ihr werdet genauso elendig sterben, wie alle anderen vor euch. Auf dieser und auf anderen Erden werden wir immer die Mächtigsten sein, merke es dir. Nach uns und neben uns kommt nichts mehr. Es wird die Zeit kommen, da werdet ihr uns Kirchen bauen und uns anbeten." Tailer war starr vor Angst und sackte zusammen. Als er wieder aufwachte, fand er sich auf einem Schrottplatz wieder, zwischen alten Autos, die schon auf dem Weg in die Presse waren. Kriechend schaffte er es, sich aus den Schrottbergen zu retten. Er kroch noch ein Stück und versuchte sich aufzurichten. Zum Glück hatte er sein Handy noch und konnte Hilfe anfordern. Mit letzter Kraft rief er in der Zentrale an, bevor er das Bewusstsein verlor. Einen Tag später saß er wieder in seinem Büro in Dorchester und rief Tom Bloom in China Town an: „Tom, bist du dran?" „Ja, was gibt es neues, Jim?" „Hier ist die Hölle los, sprichwörtlich gesagt. Viele Tote und diese Knochentypen haben wir noch nicht persönlich kennengelernt. Aber er hat einen Stofffetzen hinterlassen mit blutiger Aufschrift." Tom Bloom las seinem Freund und Kollegen vor, was darauf geschrieben stand. „Kannst du damit was anfangen, Jim?" „Tom ich weiß nicht, wie ich es dir sagen soll, aber mir sitzt die Angst noch im Nacken. Ich habe gestern Abend mit dieser unheimlichen Gestalt Bekanntschaft gemacht. Fand mich dann auf einem Schrottplatz wieder und konnte mich gerade noch vor der Schrottpresse retten. So etwas Grausames möchte ich nie wieder erleben. Er drohte mir, wenn wir nicht aufhören, ihn zu bekämpfen, würde uns Schreckliches geschehen." „Jim, jetzt beruhige dich wieder", sagte Tom Bloom. „Ich glaube, wir müssen hier in meinem Büro dringend eine Krisen-sitzung abhalten. Unsere Leute und wir beide müssen einen Plan aufstellen, nach dem wir vorgehen. Schließlich geht es hier um eine ganze Stadt, die Schutz braucht." „Du sagst es Tom. Ich schlage vor, wir alle treffen uns hier morgen früh, dann sehen wir weiter. Geht das für euch klar Jim?" „Ja, okay, wir kommen." Chinatown lag an diesem Morgen im Frühnebel. Alles war ruhig, niemand auf den Straßen, nur im Büro von Inspektor Tom Bloom war die Hölle los. Das nicht gerade große Büro quoll über mit Leuten. Sie trafen sich an diesem Tag wie besprochen, um einen Plan auszuarbeiten. Die furchtbare Gestalt musste endlich zur Strecke gebracht werden. Jim Tailer und seine Leute hörten aufmerksam zu, was Bloom und Nixon ihnen zu sagen hatten. „Leute, wir haben euch hier zusammenkommen lassen, weil die Situation kritisch ist", sagte Tom. „Viele Menschen sind in Boston in den letzten Monaten ums Leben gekommen. Es waren keine Morde, dass wissen wir nun.

Der Schreck und der Horror ließen sie einfach sterben. Wenn Jim nicht so starke Nerven gehabt hätte, wäre auch er jetzt in den ewigen Jagdgründen verschwunden", sagte Jeff.

„Nun, was haben wir an Anhaltspunkten?", bemerkte Tom. „Es ist eine sehr große Gestalt, besser gesagt ein Skelett. Es hat blutrote Augenhöhlen und trägt einen Bischofsstab in der rechten Knochenhand. Der Teufel höchstpersönlich." Jim wurde nachdenklich: „Einen Bischofsstab? Sicher, jetzt erinnere ich mich wieder. Wir müssen herausfinden wer diese Gestalt mal war. Offensichtlich ein Bischof." „Jim, du durchforstest sämtliche Kirchenregister unserer Stadt. Du Jeff, gehst mit mir ins Stadtarchiv. Wir müssen unbedingt Klarheit schaffen. Okay Leute, an die Arbeit, wir dürfen keine Zeit verlieren. Wir treffen uns in zwei Tagen wieder hier und ich hoffe, ihr kommt mit Neuigkeiten zurück!" Jedoch die Tage verstrichen ohne Ergebnis.

„Fast alle Kirchen haben wir durch, nur eine einzige, da kommen wir so schnell nicht ran." „Warum nicht?", brüllte Tom ungehalten. „Sie steht im Verruf, dass dort vor 100 Jahren schwarze Messen abgehalten wurden. Ein Bischof, mit Namen Paulus soll dort das Sagen gehabt haben.

Er wohnte in diesem Gebäude und starb während eine Messe abgehalten wurde. Man sagt, der Teufel selbst habe ihn damals geholt."

Tom fragte vorsichtig, aus Angst sich wieder im Ton zu vergreifen: „Jim, habt ihr denn herausgefunden, wo sich diese Kirche befindet? Hat sie Bestandschutz?" „Ja, Tom, die Kirche liegt weit außerhalb von Boston, schwer zu finden, steht aber nicht unter Bestandschutz. Viele Leute, die wir befragt haben, wollen des Öfteren nachts dort Licht gesehen haben und eine Gestalt, die Gebete in einer völlig fremden Sprache spricht." „Mein Gott!", schrie Jeff hysterisch los, „ich glaube, ich verliere die Nerven. Das ist ja der reinste Horrorfilm." „Ja, Jeff das ist es wohl.", meinte Jim Tailer.

Die Inspektoren beschlossen, diese unheimliche Kirche aufzusuchen und zu inspizieren. Einige Tage später war es soweit. Alle trafen sich wieder in Tom Blooms Büro. „Leute, habt ihr euch gut vorbereitet?", fragte er. Er versuchte immer noch gute Miene zum bösen Spiel zu machen. Jeff schob sich vor Aufregung einen Kaugummi nach dem anderen in den Mund. Seine Backen erschienen so dick, als wenn man ihm ins Gesicht geboxt hätte. Tom verkniff sich diesmal seine dummen Bemerkungen. Die Situation war zu ernst. Da wollte er sich nicht mit solchen Lappalien herumärgern. Sie fuhren los. Die Fahrt war lang und es wurde bereits dunkel, als sie endlich ankamen. Eine alte Kirche tauchte auf. Sie war aus dem 16. Jahrhundert und machte schon von weitem einen gruseligen Eindruck.

Man konnte das Grauen förmlich spüren. Die Männer öffneten langsam die Tür. Tom hatte eine Pistole bei sich, die mit silbernen

Patronen geladen war. Jeder der Männer hatte ein silbernes Kreuz bei sich. Aber, was noch wichtiger war, Sprengstoff um, wenn es ganz schlimm kommen sollte, das Gebäude in die Luft zu jagen. Die Atmosphäre war erdrückend. Schwerer Weihwassergeruch vermischt mit etwas Undefiniertem waberte in der Luft. Der Altar war schwarz und das darüber hängende Kreuz verkehrt herum aufgehängt. Schwarze Kerzen leuchteten in der Dunkelheit. Tom, Jeff und Jim waren erst einmal allein. Alle anderen Männer schoben draußen Wache. Eine angsteinflößende Stille machte sich breit. Plötzlich erhob sich aus dem Nichts heraus eine Gestalt. Es wurde immer unheimlicher. Bischof Raulus, der schon vor 100 Jahren starb, stand nun in voller Größe hinter dem Altar. *„Was wollt Ihr hier?“*, krächzte er. „Wir wollen dich vernichten, du hast viele Menschen auf dem Gewissen, die unschuldig sterben mussten.“ *„Ich hasse euch!“*, entgegnete der Bischof. *„Ich habe mich damals dem Bösen zugewandt, weil man mir ewiges Leben versprach, wenn ich es schaffen würde, die Menschen zum wahren Glauben zu führen. Ich versuche es immer wieder und wer nicht mitziehen wollte, musste sterben. Der Teufel wird auf dieser Erde die Oberhand gewinnen, da könnt ihr nichts gegen tun, ha, ha. Menschen sind beeinflussbar. Man kann sie manipulieren. Genau das werde ich tun und wer sich mir in den Weg stellen will, der muss sterben. Nun zieht wieder von dannen, ihr dummes Menschenpack, bevor ich euch erledige.“*

Tom Bloom, Jeff Nixon und Jim Tailer zögerten nicht lange, gaben den Männern ein Zeichen und feuerten mit ihrer silbernen Munition los. Gezielt trafen sie Raulus ins Herz. Zuerst lachte er noch höhnisch und alle sahen die Situation als aussichtslos an. Doch er sackte langsam zusammen. Tailer drückte ihm das silberne Kreuz auf die Brust. In diesem Moment zerfiel der Körper des Bischofs zu Staub. Nichts erinnerte noch an ihn. Tom sagte: „Zur Sicherheit

werden wir noch die Kirche in die Luft jagen." Sie legten den
Sprengstoff aus, verkabelten alles und machten dem Spuk endgültig
ein Ende. Die Menschen in Boston konnten wieder ohne Angst auf
die Straße gehen. Inspektor Bloom und Jeff Nixon kämpften
weiterhin gegen die Gefahren aus der Unterwelt an.

<u>Die Eigenarten des Frank Berger</u>

Montags ging er brav in sein Büro am Kurfürsten-Damm. Berlin war seine Heimat und hier wollte er sterben. Seine kleine Wohnung lag in einer schmuddeligen Seitenstraße. Ihm war es eigentlich egal, denn am Abend war er ein anderer Mensch. Tagsüber ein hagerer Mann, immer korrekt gekleidet, höflich seinen Mitmenschen gegenüber. Ein Biedermann im wahrsten Sinne des Wortes. Frank Berger war Angestellter bei einer kleinen Möbelfirma. Er verdiente nicht schlecht und war zufrieden mit seinem Leben. Nur am Abend war er nicht mehr der Frank Berger, den alle kannten und respektierten. Er erschien vollkommen verändert. Auffällig waren seine Kleidung und sein verändertes Wesen. Auch sein Erscheinungsbild war nicht mehr so wie sonst. Er entpuppte sich abends als reicher Lebemann mit einem miesen Charakter. Niemand erkannte ihn wieder. Auch seine Stimme veränderte sich. Jedenfalls war er nicht mehr der liebenswerte und freundliche Herr Berger von nebenan. Er ging jeden Abend aus dem Haus, um seinem Playboy-Leben nachzugehen. Keiner durfte ihn ansprechen. Er reagierte sofort aggressiv und pöbelte die Leute an. Er krakelte laut schallend und lachte höhnisch, wenn er wieder mal jemanden beleidigt hatte. Er machte jeden fertig, der sich ihm in den Weg stellte.

Wer war dieser Mann? Er kam immer aus der Wohnung von Frank Berger und am nächsten Morgen war er verschwunden. Berger ging wie gewohnt aus dem Haus, grüßte alle freundlich und erfreute sich an der Natur. Nur, dass er seit Monaten in einem kleinen Labor arbeitete, das er sich vor ein paar Monaten eingerichtet hatte, wusste keiner. Franz Berger hatte sich immer schon für Chemie interessiert und wollte eine Flüssigkeit entwickeln, die ihm ein junges Äußeres gab. Jeden Abend, wenn er nach Hause kam, trank er von dieser grünlichen Substanz. Eigentlich hatte er sich die Wirkung nicht so vorgestellt. Aber aus dieser Nummer kam er nicht mehr raus. Wollte er auch nicht. Zu schön waren die Stunden in einem anderen Körper. Man achtete ihn, hatte Angst und machte ihm den Weg frei, wenn er kam. Er war auf Partys gern gesehener Gast und schmiss das Geld zum Fenster heraus. Nach und nach gingen seine Ersparnisse dabei drauf. Wenn er nicht stoppte, würde er sich selbst ruinieren. Leider hatte sich sein Körper an die Flüssigkeit gewöhnt und die Wirkung ließ bereits nach wenigen Stunden nach. Immer mehr musste er davon schlucken, um länger der sein zu können, der er immer sein wollte. Nach einiger Zeit wurde sein Körper jedoch schwächer und seine Geldreserven waren aufgebraucht. Was tat er nur? Was hatte er sich angetan? Er musste sich mehr von dem Mittel herstellen, denn sein Körper funktionierte nur noch am Abend, wenn er diese Horrortropfen zu sich nahm. Burger vermittelte überall den Eindruck, reich und einflussreich zu sein. Wo er auch hinkam, krochen ihm die Menschen zu Füßen. Sie hatten Angst vor seinem Wesen. Machte man nicht das, was er wollte, wurde er boshaft und unberechenbar. Er hatte keine Angst um sein Vermögen. Jedoch war es fast aufgebraucht. Aber das Gefühl, überall Kredit zu haben, war einfach berauschend. Nur, was war mit seinem Körper geschehen?

Morgens in der Firma fielen ihm die Augen zu. Er konnte sich nicht mehr konzentrieren. Nein, so wollte er nicht leben, dass wollte er nicht. Jetzt hatte sich sein Körper an den Zustand gewöhnt und brauchte immer mehr davon, um nur halbwegs zu funktionieren. Am Abend, als er sich in dieses Monster verwandelte, hatte sich auch sein Denken verändert. Er wurde immer boshafter und schreckte vor nichts mehr zurück. Eines Abends im Sommer lauerte er einem Mann auf, der gerade nach Hause gehen wollte. Er kam aus einem Geschäft, ging über die Straße und musste durch einen Park. Er schlug ihm mit einem riesigen Knüppel den Schädel ein. Er kniete sich neben die Leiche und stahl alles, was der junge Mann in seinen Taschen hatte. Grausam war Bergers Gesicht verzerrt. Speichel rann ihm aus den Mundwinkeln. Er lachte höhnisch, stand auf und verschwand mit seiner Beute. Etwas Bargeld, eine Uhr und ein kleines Bild einer jungen Frau. Laut lachend und bösartig grinsend humpelte Berger davon. Die Polizei fand heraus, dass der Mann recht junger Student war, der am Abend des Mordes seine Freundin besuchen wollte. „Grausam!", sagte Kommissar Helmut Wolf. „Dass es so etwas in unserer Zeit noch gibt. Diese perversen Menschen sollte man öffentlich hängen." Sein Kollege, Michael Holtkamp, musste sich abwenden, denn sonst hätte er sich übergeben müssen. Die Leiche war von der Kehle bis in den Schambereich aufgeschlitzt. Die Eingeweide hingen heraus, das Herz war herausgerissen und lag daneben. „Mein Gott", sagte der Kommissar, „welches Untier war den hier am Werk?" „Der Mörder muss blutbesudelt gewesen sein. Ein Geisteskranker ist wohl noch milde ausgedrückt", meinte Holtkamp. Sie ließen den Toten, oder das, was von ihm noch übrig war, abtransportieren.

Berger wurde am anderen Morgen wach und fand sich blutverschmiert vor. Alles klebte in seinem Bett vom Blut. Neben seinem Bett lagen die Uhr des Ermordeten und das Bild von dessen Freundin. Was war geschehen? Entsetzt schaute Frank Berger in den Spiegel. Auch hier sah er ein blutverschmiertes Gesicht. Er bekam Angst. Angst vor sich selbst und vor dem, was er getan hatte. Nach dem Bad ging er wie jeden Morgen zur Arbeit. Niemand ahnte etwas. Noch nicht mal Berger vermutete, so eine grausame Tat begangen haben zu können. Mittlerweile musste er sich am Abend mit der dreifachen Menge dieses Mittels zu dröhnen, damit er funktionieren konnte. Nach seinen Gräueltaten fiel er in einen dermaßen tiefen Schlaf, dass er sich noch nicht einmal an die kleinste Kleinigkeit erinnern konnte. Die Angestellten in seiner

Firma schauten sich in der Pause jedes Mal die Nachrichten an und riefen ihn: „Frank, komm doch mal her, schau dir mal an was ganz in der Nähe deiner Wohnung in der letzten Nacht geschah. Ein bestialischer Mord ist ein paar Straßen weiter geschehen. Dabei kam es dem Täter wohl weniger auf die Beute an, sondern auf den Mord selbst. Laut Polizei muss der Mörder eine wahnsinnige Lust verspürt haben, als er dem Mann den Leib aufschnitt. Er riss ihm sogar das Herz heraus.“ „Nein“, sagte Berger entsetzt. „Das habe ich nicht mitbekommen, denn in letzter Zeit schlafe ich sehr tief.“ Berger schwante etwas. Das viele Blut in seinem Bett und an seinem Körper, wo kam es her? Ihm wurde mulmig und er bekam Angst. Sollte er etwa? Nein, nein, das wies er weit von sich. Das konnte nicht sein. Der Feierabend rückte näher und Frank konnte es kaum erwarten, in seine Wohnung zu kommen. Ein eigenartiges Gefühl überfiel ihn schlagartig. Er zitterte am ganzen Körper und schluckte mit der letzten Energie sein Elixier herunter, das ihn innerhalb kurzer Zeit in ein mieses Monster verwandelte. War er zu Anfang ein Lebemann, der in eleganter Erscheinung auftrat, so war er jetzt ungepflegt, schmutzig, der Speichel lief ihm aus dem Mund und sein hämisches Lachen konnte man meilenweit hören. Er stolperte mit einem unkoordinierten Gang aus dem Haus. Es war schon dunkel. Er brauchte dringend Geld, denn seine Bank gab ihm nichts mehr und außerdem brauchte er noch etwas anderes: Blut, viel Blut. Er berauschte sich daran, wenn es aus einem Körper spritzte und er das Herz herausreißen konnte. In diesem Zustand scherte er sich nicht einmal darum, ob man ihn sah oder nicht. Die Gier, die ihn trieb, war stärker und musste schnell befriedigt werden.

Er stolperte mitten in der Nacht durch halb Berlin. Die Straßen waren leer. Nur eine junge Frau wurde mit einem Taxi nach Hause gebracht und Berger beobachtete sie. Seine Schnelligkeit in diesem Zustand war unglaublich, denn innerhalb von Sekunden war er an ihrer Wohnungstür. Er hielt ihr den Mund zu, als sie versuchte zu schreien. Sie war Kellnerin, die sich auf ihren Feierabend freute. Wieder fand sich Frank Berger am nächsten Morgen in einer Blutlache wieder. Er wurde stutzig. Das konnte er doch nicht geträumt haben, dachte er. Sogar an seinem Mund war Blut, als wenn er in etwas Blutiges gebissen hätte und es wäre ihm dann heruntergelaufen. Wieder waren Holtkamp und Wolf beauftragt den Fall zu klären. Und wieder standen sie vor einem Rätsel. So grausam konnte doch kein Mensch vorgehen. Wolf sagte: „Noch so ein Fall und ich schmeiß' hier alles hin, ich will so was nicht mehr sehen." Es übertraf ihre schlimmsten Fantasien, was sie da sahen. Der Toten wurde zuerst der Schädel eingeschlagen, dann schlitzte der Täter sie auf und ließ sie ausbluten. Dann riss er ihre Leber und das Herz heraus. Das Herz musste er wohl mitgenommen haben, denn es war weg. Berger bekam panische Angst. Sollte er etwa? Er musste es glauben, denn nun fand er in seinem Bett ein Stück eines menschlichen Herzens. Schnell musste er handeln, solange er noch in der Lage dazu war. Er schrieb einen langen Brief an die Polizei. In diesem Brief stand: „Ich habe dem Grauen ein Ende bereitet. Leider hat mich meine Experimentier-freude zu einem bestialischen Mörder gemacht. Es tut mir leid was passiert ist. Da ich Angst habe, heute Abend wieder als mordendes Monster durch Berlin zu ziehen, werde ich dem ein Ende setzen. Die Flüssigkeit, die sie in den Reagenzgläsern finden werden, hat mich zu diesem Tier werden lassen. Ich brauchte immer mehr davon und verwandelte mich im Laufe der Zeit in das blutgierige Tier. Nun werde ich gehen und niemand wird jemals wieder Angst haben müssen. Ich will noch sagen, dass jeder versuchen sollte, mit dem was er ist und was er hat, zufrieden zu sein und nicht Dingen hinterherzujagen, die man nicht haben kann. Mich und andere Menschen hat es das Leben gekostet."

Die Kathedrale des Grauens

Auf einem Hügel im Spessart stand eine schöne alte Kathedrale im gotischen Stil erbaut. Sie war aber auch angsteinflößend. Rings umher nur tiefer Wald und Einsamkeit. Niemand traute sich in die Nähe dieser Kirche, denn es waren grausige Geschichten im Umlauf. Es hieß, dass dort immer um Mitternacht der Glockenturm betätigt wurde und leiser monotoner Gesang zu hören war. Fred und Angelika Neumann machten schon seit Jahren im Spessart Urlaub, doch bisher war ihnen nichts dergleichen zu Ohren gekommen. An einem warmen, sonnigen Urlaubstag wollten sie diesen Hügel erklimmen und sich umsehen. Eigentlich waren die Neumanns realistische Leute, die nicht an fantastische Geschichten glaubten. Fred und Susanne Neumann machten sich auf den Weg. Die Kirche lag einsam auf einem Hügel. Niemand ahnte wirklich, was sich dort abspielte. Die Leute in der Gegend erzählten sich die schlimmsten Geschichten. An einem besonders warmen Sommerabend gingen sie hinauf zur Kathedrale. Es dämmerte schon etwas. Im Halbdunkeln sah die Kirche furchteinflößend aus, obwohl sie auf der anderen Seite sehr schön war. Grelles Licht schien durch die eingestaubten Fenster. Aber, wie ist das möglich, zudem seit hunderten von Jahren keiner mehr dort oben war? Nur hin und wieder kam jemand, der nach dem Rechten sah. Langsam schob Fred den schweren Eisenriegel zur Seite. Es knarrte und quietschte verdächtig. Die schwere Eichentür ging von alleine auf. Susanne ging langsam hinter Fred her. In der Kirche war alles hell erleuchtet. Woher kam dieses Licht? Elektrizität gab es hier nicht. Es brannten sechs Fackeln, die an der Wand rings um den Altar befestigt waren. Eine unheimliche Atmosphäre war zu spüren. Wie angewachsen standen sie da. Sie wollten wieder gehen, aber irgendwas hinderte sie daran. Plötzlich durchdrang eine grausame Stimme den ganzen Kirchenraum.

Sie flüsterte: „Kommt doch näher, hi, hi, hi. Ihr seid sowieso verloren. Wer einmal seinen Fuß in diese Kirche setzt ist für immer verloren.“ Starr vor Schreck stand das Ehepaar nun da und beide zitterten am ganzen Körper. „Hätten wir uns nur nicht überreden lassen, hierher zu kommen“, sagte Fred. Nun war eine zweite, noch grausamere Stimme zu hören: „Ich bin Satan, Herrscher der Hölle. Diese Kathedrale ist seit mehr als 400 Jahren verflucht. Niemand durfte je einen Fuß über diese Schwelle setzen. Ihr habt es getan und werdet bezahlen.“ Die junge Frau bekam einen solchen Schreck, dass sie tot umfiel. Ihr Herz blieb einfach für immer stehen. Fred schrie laut und verzweifelt: „Bitte steh auf, komm zurück!“ Aber sie hörte ihn nicht mehr.

Ein irres Lachen war zu hören: „Ha, ha, ha, ich sagte euch doch, hier kommt keiner lebend heraus.“ Ralf weinte und kniete vor seiner Frau, die am Boden lag und rief: „Wer spricht da?“ Satan antwortete: „Eine Nonne, die vor vielen Jahren in meinem Namen schwarze Messen abgehalten hat. Sie konnte hunderte von Menschen dazu bringen, mich anzubeten. Leider verriet sie mich, als sie zum Gottesglauben zurückging und musste dafür sterben. Weil sie nicht zur Ruhe kommen kann, spukt ihr Geist heute noch umher. Sie wurde unter dem Altar eingemauert.“ Fred versuchte mit ruhigen Worten zu antworten: „Wenn du der Allmächtige bist, kannst du bestimmt auch meine Frau wieder lebendig machen.“ „Ja, das könnte ich“, antwortete er. „Wenn ich sie wieder bekommen kann, werde ich alles dafür tun. Sag mir was ich machen soll.“ „Ha, ha!“, antwortete Satan. „Hast du dich nun der Hölle verschrieben?“ „Wenn es nicht anders geht, dann werde ich es tun“, sagte Fred. Es machte sich ein schwefeliger Gestank in der ganzen Kirche breit. Es erschien eine Gestalt, die den blanken Horror darstellte und noch schlimmer. Rote, blutunterlaufene Augen, das Gesicht eine einzige Fratze. Blut und Schleim tropfte aus einem Schlitz, der den Mund darstellen sollte.

Die Haut hing in Fetzen herunter. Statt Füßen waren riesige Krallen zu sehen. Da wo normalerweise Hände waren, hingen ebenfalls Krallen herab. Der Teufel persönlich stand hinter ihm. „Du bist hier in die Kirche gekommen, aber du wusstest nicht, dass du sie nicht betreten darfst. Deine Frau musste sterben. Ja, du kannst es wieder rückgängig machen. Schließe dich mir an und du wirst sehen, deine Frau lebt." „Was soll ich tun?", rief Fred. „Du wirst nun ein von mir vorgesprochenes Gebet nachsprechen: Herr der Hölle, all meine Gedanken und auch mein Tun, aber vor allem mein Leben gebe ich in die Hände Satans. Ab sofort werde ich mit den verstorbenen Seelen hier in der Kirche schwarze Messen abhalten. Für immer werde ich den König der Hölle verehren, ihm gehorchen und alles Irdische hinter mir lassen." Es wurde stockdunkel. In der Mitte des Altars loderte ein riesiges Feuer und hässliche Fratzen schauten heraus. Mit einem furchtbaren Gestöhne, Geschrei und Geheul sog dieses Feuer Fred in sich auf. Man sah ihn nie mehr wieder. Seine Frau erwachte, aber ihr Mann war auf ewig in den Tiefen der Abgründe verschwunden.

<u>Die Puppe</u>

Einen richtig tollen Urlaub erwartete Familie Weber in diesem Sommer auf der Insel Sylt. Heinz-Peter Weber hatte bereits im letzten Jahr gebucht. Die sieben Tage waren wunderschön und ein Wiederkommen zwingend angesagt. Tüchtig gespart hatten die Webers, jetzt konnten sie sich eine Ferienwohnung für 89 DM leisten. Der Sommer 1974 war sehr heiß. Den Ford Taunus ließ der Vater gleich auf dem hauseigenen Parkplatz der Ferienwohnung stehen. Mit weißen Handtüchern deckte Mutter Hilde das schwarze Armaturenbrett und das Lenkrad ab. Im heißen Sommer vor zwei Jahren hatte das Armaturenbrett Risse bekommen. Heinz-Peter ärgerte sich sehr über diesen Schaden. Nun, eigentlich tut dies alles nichts zur Sache. Aber dies: Marion hatte ihre Lieblingspuppe am Strand verloren. Die ganze Familie suchte den Strand in Westerland ab. Dabei wollte Marions Bruder Marius lieber am Strand eine Sandburg bauen. Vater und Mutter einigten sich, dass es besser sei, eine neue Puppe zu kaufen, als einen so herrlichen Tag mit Suchereien zu vergeuden. Gesagt, getan. Jetzt hatte Fräulein Susi, wie Marion ihre neue Puppe nannte, allerdings blonde Haare. Fräulein Susi mit den roten Haaren wurde bei Flut mit ins Meer gezogen.

Sie trieb direkt auf England zu. In Schottland, in der Nähe des „Loch of Strathbeg", wurde die Puppe an die Küste gespült. Viele Vogel-, Insekten- und Säugetier-Arten sind hier beheimatet. Recht eigenartige Geschöpfe wollen Menschen hier schon gesehen haben. Aber Fräulein Susi hatte natürlich keine Angst. Zwischen zwei Felsen wurde die Puppe einge-klemmt. Leider hatte sie ein Auge verloren. Ein Organismus nutzte diese Gelegenheit und schlüpfte in die Puppe. Es dauerte gut und gerne 25 Jahre, bis etwas Eigenartiges passierte. Fräulein Susi bewegte Arme und Beine.

Der Organismus formte seinen Körper in der Puppenhülle. Irgendwann befreite sich Fräulein Susi und schwamm in die Nordsee zurück, von dort aus in den Ozean in Richtung Amerika. Dabei paddelten Arme und Beine tüchtig. Das fehlende Glasauge ersetzte der Organismus durch sein eigenes Auge.

Über zehn Jahre war Fräulein Susi unterwegs, bevor die Reise am Strand von Boston endete. Jane Cormick joggte an diesem Tag am Strand. Ihr fiel die Puppe auf dem weißen Sand auf und sie nahm sie für ihre Tochter mit nach Hause. Tochter Jennifer freute sich riesig über das Geschenk der Mutter. Jetzt war der Name der Puppe Mrs. Lovely. Jeden Morgen wunderte sich Jennifer, dass Mrs. Lovely in der Nähe des Fressnapfes ihres Hundes lag.

Langsam wurde der Kunststoffkörper der Puppe spröde und riss an vielen Stellen. Eines Nachts schlüpfte der Organismus aus der Puppe. Jennifer hielt Mrs. Lovely beim Schlafen fest im Arm. Der Organismus bestand aus einer schleimigen Masse. Über Jennifers Mund kroch er in ihren Körper. Zwei weitere Jahre vergingen. Jennifers Körper veränderte sich in dieser Zeit. Das nun neunjährige Mädchen war die Beste im Schwimmunterricht. Ihre Wirbelsäule wurde immer elastischer. Die Ärzte verstanden diese ganzen Symptome nicht. Jennifer konnte über zwei Liter Flüssigkeit am Stück trinken und musste keine Luft dabei holen. Ihre Bewegungen an Land wurden schlangenartig, im Wasser fühlte sich das Mädchen sehr wohl. So oft es ging, saß Jennifer am Strand und beobachtete die untergehende Sonne. Ihren Eltern lief immer ein kalter Schauer über den Rücken, wenn Jennifer davon sprach, dass sie irgendwann einmal für immer im Meer leben würde. „Bald werde ich euch verlassen müssen. Ich liebe euch. Aber das Meer ruft mich. Bitte versteht mich." Monate vergingen. Es war ein herrlicher Tag am Strand in der Nähe Bostons. Alle lachten und waren fröhlich.

Plötzlich stand Jennifer auf. Sie sah auf das Meer, ging langsam darauf zu und drehte sich noch einmal zu ihrer Familie um, um ihnen ein Küsschen zuzuwerfen. Dann tauchte sie ins Meer ein.

Noch ehe Jennifers Familie alles realisieren konnte, verschwand die Tochter in den Weiten des Meeres. Eine sofort eingeleitete Suchaktion der Wasserschutzpolizei brachte keinen Erfolg, Jennifer blieb verschollen. Eines Tages erhielten die Eltern von Jennifer eine Mail aus Schottland: „Hallo, wir haben gestern einen menschenähnlichen Körper am Strand gesichtet. Das Gesicht sah wie das Ihrer vermissten Tochter aus. Glauben Sie uns, wir haben nicht geträumt. Statt Armen und Beinen hatte der Körper Flossen am Körper. Das Wesen schaute uns an und verschwand wieder im Meer.“

Hier wirst du nicht alt

Lange waren die Delgados auf der Suche nach einem Haus am Rande der Stadt New York. Robert Delgado war Alleinverdiener. Seine Frau Liv konnte mit dem Einkommen gut umgehen, den Kindern Robert jr. und Donna fehlte es auch an nichts. Nun, das Ersparte reichte zwar nicht für die Innenstadt, aber etwas Außerhalb war für alle okay. Robert Delgado arbeitete am Flughafen in New York. Das neue Zuhause sollte nicht allzu weit entfernt liegen, Robert war ein Familienvater durch und durch. Außerdem waren die Winter manchmal sehr hart, einige Male musste Robert schon in einem Hotel übernachten, wenn der Schneesturm tobte. Heute fuhren sie von New York in den Norden, Richtung Boston. „Hier, Dad, ein Haus mit einem riesigen Spielplatz in der Nähe!", rief Donna und kurbelte die Scheibe des alten Fords herunter, um den Menschen zuzuwinken. Robert sah den Verkaufspreis und lenkte die Kinder mit den Worten ab, dass er doch lieber ein Grundstück mit Bäumen hätte, damit die Kinder im Sommer dort übernachten könnten. „Gute Idee, Dad!", rief Robert jr. und Liv kniff lächelnd ein Auge zu. In der nächsten Stadt sah Donna eine Schule und sehr gute Einkaufsmöglichkeiten, schließlich hatten sie nur dieses eine Fahrzeug.

Tatsächlich lag am Rande der kleinen Stadt ein etwas verstecktes Haus. „Der Preis ist gut, auch der lange Vorgarten, damit die Kinder nicht zu schnell an der Straße sind", sagte Robert zu Donna, „lass es uns anschauen." Das Preisschild sah ordentlich mitgenommen aus, nun, nicht nur das Preisschild, aber die Delgados setzten auf ihre Eigeninitiative. Handwerklich waren sie ein eingespieltes Team, obwohl die Kinder das ständige Suchen nach Hammer und Nägeln nervte. Die Hausbesichtigung schrie auch förmlich nach vielen Nägeln. Aber soweit schien alles okay zu sein.

In der Nachbarstadt besuchten sie noch gleich den Makler, auch ein Motel war schnell gefunden. „Ich habe ein gutes Gefühl, vielleicht lässt sich noch etwas verhandeln", meinte Robert. John Smith hieß der Makler. „John Smith!", sagte Liv, „Fast wie in einem schlechten Gruselfilm, John Smith heißen sie alle!" Aber es stellte sich heraus, dass John Smith den Delgados sehr entgegen kam, den Kindern sogar Spielzeug für den Garten schenkte. Auch ein uralter Plüschbär war dabei. „Den nehme ich!", sagte Mutter Liv, „der kommt zu meiner Bärensammlung!" Sie kamen sich näher, ein paar Verhandlungen hier, eine Lieferung Dachpappe kostenlos dort.

Mr. Smith versprach, dass in drei Tagen der Strom angeschlossen würde. „Na, Kinder, das ist nun unser neues Zuhause", sagte ihr Dad.

Zurück zum Haus rief Robert gleich in der Flughafenzentrale an, um seinen Resturlaub zu nehmen. „Kein Kontakt! Dass es so etwas in der heutigen Zeit noch gibt!", brummelte er. Im Kaufhaus kauften sie alles Nötige für die Übernachtungen im neuen Haus, auch das Handy funktionierte hier. Im Haus wurden gleich die Zimmer eingeteilt, riesige weiße Laken lagen auf den Möbeln, zwar tüchtig eingestaubt, aber was hervorkam war eine Augenweide. „Allein die Möbel sind das Geld wert, sieht nach 1880 aus, da gab es noch Cowboys!", staunte Robert. „Au ja, komm' Schwester, wir spielen im Garten Cowboy und Indianer!", rief Robert jr. Der Abend begann mit einem Glas Wein aus Kalifornien, die Kinder schliefen schon. „Herrlich dieser Ausblick", sagte Liv und schmiegte sich in Roberts Arm. „Ja, und in zwei Tagen haben wir Strom, dann lebt das Haus", flüsterte Robert. An den beiden nächsten Tagen wurde ordentlich Hand angelegt. „Die Bank hat den Kauf abgewickelt", sagte Robert zu Liv. „Mr. Smith wird sich freuen, morgen fahre ich zu ihm!" Das Licht ging plötzlich an, Strom und Gas waren angeschlossen.

Wie Robert schon sagte, das Haus lebte nun, aber etwas anders, als er es wohl dachte. Den Abend verbrachten die Eheleute wieder auf der Veranda. „Gibt es noch Wein, Darling?", fragte Robert. Liv stand auf und wollte in die Küche. Sie streckte die Hand zur Verandatür aus, als   sie plötzlich mit einem lauten Knarren durch die Verandabretter auf den Sandboden fiel. Ein scharfer großer Holzsplitter durchbohrte ihren Oberschenkel. Robert zückte blitzschnell das Handy, Liv schrie, die Kinder wurden wach … … … kein Kontakt! Robert trug seine Frau ins Auto, sie lag auf den Hintersitzen, die Kinder quetschten sich in den Kofferraum des alten Kombis. Nach zwei Stunden Fahrt kamen sie am Krankenhaus an. Liv wurde sofort verarztet. „Es sieht nach einer Blutvergiftung aus!", so die Diagnose von Dr. Kentrell. Liv war ohne Besinnung.

In guter Hoffnung fuhren Robert und die Kinder nach fünf Stunden wieder zurück. „Legt euch schlafen", sagte der übermüdete Robert zu den Kindern, „morgen, in der Frühe, fahren wir wieder zur Mum." Im Schlafzimmer bemerkte Robert Blutflecken, dem Plüschbären fehlte ein Bein. Robert war aber zu aufgeregt und zugleich zu müde, um der Sache nachzugehen. Am nächsten Morgen wachte Robert früh auf, sah auf den Bären, dessen Augen auf dem Boden lagen.

Robert schenkte dem wenig Beachtung. „Kinder, aufstehen, wir fahren zu Mum!", rief er und bereitete Frühstücksbrote. Plötzlich schrie Donna laut auf. „Meine Augen, Dad! Hilfe, ich sehe nichts mehr!" Robert stürzte ins Bad, Donna hatte blutrot geschwollene Augen. Das kochend heiße Wasser spritzte ihr ins Gesicht, direkt in die Augen. Sofort machten sich alle auf den Weg ins Krankenhaus. Leider war Liv immer noch ohne Bewusstsein. Donna wurde sofort behandelt. „Ich kann Ihnen nicht sagen, ob ich das Augenlicht Ihrer

Tochter retten kann, Mr. Delgado", sprach der behandelnde Arzt. Der Tag verging, es gab keine positiven Ergebnisse.

Vater und Sohn kehrten zurück zum Haus. Beide wollten sich nach diesen schlimmen Ereignissen etwas ausruhen. „Es ist sehr heiß heute, Sohn, öffne bitte in der oberen Etage alle Fenster, ich bringe uns etwas zu Essen mit rauf", sagte Vater Robert. Im Elternschlafzimmer öffnete Robert auch das Fenster. Als er zum Plüschbären sah, bemerkte er, dass dieser nun den Kopf verloren hatte. „Sohn!", schrie Robert, „komm' schnell zu mir!" Robert hatte eine Vermutung. „Ja, Dad, ich muss nur noch das Fenster im Flur öffnen, hier ist es sehr heiß!" „Nein, komm sofort!", befahl der Vater. Robert jr. lief los. In diesem Augenblick fiel die große Scheibe aus dem Rahmen und verfehlte den Jungen nur um Zentimeter. Beide fielen sich auf der Treppe in die Arme. „Ich glaube zwar nicht an Spuk, aber etwas will uns der Plüschbär wohl sagen.", sagte Robert zum Sohn. Im Schlafzimmer sahen beide, dass der Bär ganz schwarz verkohlt war. Instinktiv griff Robert seinen Sohn und verließ das Haus. Minuten später stand es in hellen Flammen. Die Feuerwehr konnte nichts mehr retten. Geschockt fuhren Vater und Sohn zu Makler Smith „Warte bitte im Auto.", sagte Robert zu seinem Sohn. Als Robert Delgado das Haus des Maklers betrat, sah er ihn leblos am Treppengeländer an einem Stromkabel hängen. John Smith war seit zwei Tagen tot. Auf einem Abschiedsbrief stand „Für Familie Delgado". Mit zittrigen Händen las Robert: „Ich bitte um Verzeihung, auf dem Haus liegt ein Fluch. Ich dachte, mit Ihrem Einzug wäre alles vorbei, aber dem ist nicht so. Mein Vater quälte in diesem Haus mehrere Menschen. Er baute einen elektrischen Stuhl und ergötze sich an dem Geruch von verbranntem Menschenfleisch. Als er bereits auf dem Sterbebett lag, musste ich als Zwölfjähriger den Starkstromschalter einschalten. Er zwang mich dazu. Danach wurde alles stillgelegt im Haus, die Stromkabel gekappt. Aber das

Haus hat wohl nichts vergessen, nach dem Neuanschluss vor ein paar Tagen. Ich bitte um Entschuldigung. Ihr William Palmer."

Der Gehirnforscher Dr. Berthold Brüggner arbeitete nun bereits seit über fünfunddreißig Jahren an der Verwirklichung seiner These, dass alles, wirklich alles, in unseren Gehirnen gespeichert ist. Was meinte er mit „alles"? Alles was vor und nach dem Urknall, dem Big Bang, passiert ist, woher wir kommen und wohin wir gehen, wer wir waren, wer wir sind und wer wir sein werden. Er entwickelte Maschinen, an die er seine Probanden anschloss. Er gab Vorlesungen. Er wurde extrem von seiner Regierung gefördert, denn diese Weltformel bedeutete Macht und Einfluss. Doch Dr. Brüggner wollte insgeheim auch allen Menschen diese Tür zu ihrem höheren ich zugänglich machen. Aber zunächst einmal war er froh, dass er so grenzenlos unterstützt wurde. Und so entstanden langsam ein offizieller und ein ganz geheimer Dr. Brüggner. Die Probanden hatten mit den Untersuchungen keine Probleme, denn ihnen wurde sozusagen nur ein Traum eingegeben, in dem sie in ihrem Leben immer weiter zeitlich zurückgingen, bis zur Geburt. Das reichte Dr. Brüggner natürlich bei weitem nicht, denn da waren ja noch die über 13 Milliarden Jahre bis zum Urknall. Und was war davor? Probanden fanden sich genug, jeder wollte dabei sein, wenn die Weltformel gefunden werden würde.

Was wusste man bis dahin? Nun, dass Menschen etwa knapp 90 Milliarden Nervenzellen, also Neuronen, haben. Diese sind mit etwa 100 Billionen Synapsen miteinander verbunden. Grob gesagt kommuniziert also 1 Neuron mit 1000 seiner Kollegen. Dr. Brüggner wollte nun die Informationen, die in diesen Nervenzellen vorhanden sind, herauskitzeln. Natürlich wollte keiner der Probanden ein Loch in seinem Kopf akzeptieren. Somit veröffentlichte Dr. Brüggner der Öffentlichkeit und den Geldgebern etwas mehr an Informationen. Niemand bemerkte, dass unter

seinem Toupet Anschlüsse zu seinem Gehirn waren. Die bohrte er sich selbst. So konnte er die Neuronen in ihrer rosa Farbe erkennen und auf alle Funktionen und Verbindungen zugreifen. Er wusste also bei weitem mehr, als er zugab. Bei seinen weiteren Experimenten stellte er fest, dass die Neuronen immer wieder bestimmte Signale ausgesendet haben, die zwar von den Synapsen weitergeleitet wurden, aber andere Neuronen blockierten einfach diese Informationen. Dr. Brüggner taufte diese Schwingungssignale die „Brüggner-Signale". Er ahnte, dass sie entweder zum Schutz des Gehirns dienten oder einfach nur abgestumpft waren. Schließlich nutzen wir nie die große Kapazität unserer Gehirne. Ein Computer arbeitete viel effizienter.

Immer wieder schloss sich Dr. Brüggner an seinen Supercomputer an. Er saß dabei in seinem Behandlungsstuhl und konnte mit den Joysticks in seinem Gehirn arbeiten. Verschiedene Substanzen träufelte er sich ein, sie sollten Nervenzellen täuschen, um so die Brüggner-Signale durchzulassen. Die Farbe der Neuronen veränderte sich dabei in ein kräftiges Rot. Auf dem Computerbildschirm konnte Dr. Brüggner sein eigenes Leben bis zur Geburt sehen und aufzeichnen. Je mehr er diese Flüssigkeit einträufelte, umso mehr sah der Doktor etwas auf dem Bildschirm, was er nicht verstand. Jetzt erarbeitete sein Freund und Computerspezialist eine neue Software. Die Regierung war schon sehr zufrieden und die Öffentlichkeit staunte, dass nun mittlerweile alle Probanden eine Dokumentation bis zu ihrer Geburt erhielten – und das auf DVD. Der Tag kam, an dem Dr. Brüggner mehr wagte. Er stimulierte die Nervenzellen mit elektrischem Strom, leitete Informationen in den Synapsen um und träufelte sich eine stärkere Dosis seiner Substanz ein. Dr. Brüggner war allein. Gespannt schaute er auf seinen Monitor. Der kleinere Monitor zeigte seine mittlerweile tiefroten Neuronen. Auf dem großen Monitor sah er sein

Leben. Plötzlich wurden die von ihm entdeckten Brüggner-Signale zu anderen Neuronen durchgelassen.

Seine Herzfrequenz stieg stark, der Blutdruck erhöhte sich drastisch, das Gehirn brauchte mehr Energie, wesentlich mehr Energie. Auf dem Bildschirm sah Brüggner seine Geburt, seine Entstehung, Freude hatten seine Eltern dabei. Er sah sich selbst als Energie, er sah das Universum kleiner werden, er sah, dass es zu einem Punkt zusammenschrumpfte, es lief alles zurück bis an den Anfang von allem. Jetzt gleich sehe ich, woher wir kommen, was vor dem Urknall war! Der Blutdruck stieg und stieg. Das Herz pumpte und pumpte. Die Neuronen wurden schwarz-rot. Es war kaum auszuhalten. Jetzt, jetzt gleich, das Universum ist nur noch stecknadelgroß …

Dr. Brüggners Kopf und Körper zerplatzten. Überall war Blut. Überall waren Körperteile. Es hatte eben doch seine Richtigkeit, wenn einige Bereiche in unserem Gehirn nicht freigelegt wurden, wir verkraften diese Datenflut einfach nicht. Wir sollten im Hier und Jetzt leben und unser Dasein genießen, alles andere wird morgen kommen. Die Regierung hielt die DVD unter Verschluss und schwieg. Na, das kennen wir ja schon von Roswell.

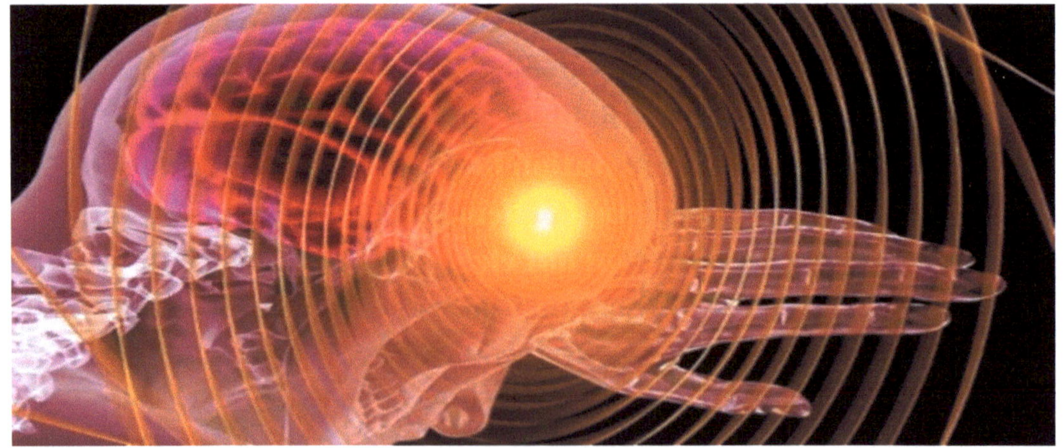